Christof Gasser

Drei Seen und ein Todesfall

Kriminalroman

ALIBI

Ein Alibi-Buch bei Dörlemann

Neptunstrasse 20, CH-8032 Zürich
verlag@doerlemann.ch
www.doerlemann.ch
GPSR-Kontakt: Schöffling & Co. Verlagsbuchhandlung GmbH,
Kaiserstraße 79, D-60329 Frankfurt am Main
info@schoeffling.de

Covergestaltung und Satz: Lara Flues
Covermotiv: Giordano Poloni © Dörlemann Verlag
Gesetzt aus der Stempel Garamond LT / 1. Auflage 2025
Druck und Bindung: Friedrich Pustet, Regensburg
Auch als E-Book erhältlich
ISBN 978 3 03820 162 5

Das ist ein elendes Volk an Heldenmut und Verstand,
wo bei jeder Kleinigkeit eine Ehrensäule
muss aufgerichtet werden.

Wilhelm Heinse

I

Es war wärmer geworden.

Ihr Blick folgte den über dem Fluss aufsteigenden Nebelschwaden, die sich nach und nach auflösten.

Marielle lockerte den Schal. Nachdem es die Nacht über geregnet hatte, zeigte das Thermometer auf ihrem Balkon am frühen Morgen acht Grad an. Mindestens fünf Grad kühler, als die Meteorologen am Vorabend vorausgesagt hatten. Es war gut gemeint, wer will schon Ende Juni, nach zwei Wochen mit Höchsttemperaturen in den Dreißigern, eine Gegenoffensive des Winters angekündigt bekommen, so kurzzeitig sie auch sein mochte.

Sowohl die Hiobsbotschaften zum nasskalten Wetter als auch die gehässigen Reaktionen der Hörer auf den Beitrag dazu hatte Marielle mit halbem Ohr wahrgenommen. Hier ein Sommerfest, das buchstäblich ins Wasser fiel, da die Angst um ein Open Air, das im eiskalten Morast versinken könnte. Was hätte sie darum gegeben, sich um solche Dinge sorgen zu müssen.

Die Schiffsplanken unter ihren Füßen vibrierten. Die Maschinen des Motorschiffs Stadt Solothurn wurden gedrosselt. Seine Bugwelle verlor sich im träge dahinfließenden Wasser. Marielles Blick suchte die Baumkronen und Dächer des Weilers Altreu ab, den das Schiff ansteuerte. Als Kind hatte sie es geliebt, die Weißstörche zu beobachten. Die stolzen Vögel waren Ende der vierziger Jahre in der Witi, der Flussebene zwischen Jurasüdfuß und den Hügelstreifen des Bucheggberges, angesiedelt worden.

Die Störche waren im Frühling aus ihren Winterquartieren zurückgekehrt, um in Altreu und Umgebung den Nachwuchs auszubrüten. Selbst in der Stadt Solothurn waren ihre Nester anzutreffen. Des milden Winters wegen waren sie dieses Jahr früher zurückgekommen. Die Jungvögel waren bereits im April geschlüpft. Blieb zu hoffen, dass der Kälteeinbruch ihnen nicht zusetzte. Die Tiere mussten Kräfte sammeln, bevor sie sich im August auf ihren ersten Zug nach Süden begaben.

Marielle wischte sich verstohlen eine Träne von der Wange, obschon sie die einzige Passagierin auf dem Außendeck war. Von mittschiffs drang Kindergeschnatter zu ihr, eine erste oder zweite Primarklasse auf Schulausflug. Die Abc-Schützen übertrafen sich gegenseitig in der Lautstärke, während sie warteten, bis das Kursschiff zum Stillstand kam.

Marielles Mund verzog sich zu einem Lächeln. Dafür fühlte sich der bleierne Klumpen in ihrem Magen schwerer an. Ihre Hände umklammerten die Reling, als wäre sie ihr einziger Halt, während die Welt um sie herum zusammenbrach.

Die zusteigenden Passagiere warteten auf dem Steg, bis der Sturm kindlicher Fröhlichkeit an ihnen vorübergezogen war.

Marielles rechte Hand wanderte von der Reling in die Tasche ihrer Regenjacke. Sie befühlte den Gegenstand. Zwei Herzschläge lang war sie versucht, ihn ins Wasser zu werfen. Sie wandte den Kopf zum Bordrestaurant. Die Aufmerksamkeit ihrer kleinen Reisegruppe war auf die Kellnerin gerichtet, die in diesem Moment den Kuchen auftrug, den Marielle organisiert hatte, eine originale Solothurner Torte. Scarlett hatte sie darum gebeten. Martin liebte cremige Süßigkeiten. Die Spezialität aus Mandelmeringue und Haselnussbiskuit mit Buttercremefüllung würde ihm bestimmt schmecken. Verzicht war für ihn kein Thema, schon gar nicht die ärztlich verordnete Zurückhaltung bei Süßem. An seiner Stelle würde sie sich ebenso verhalten. Ärzte hatten keine Ahnung. Wozu sich kurz vor seinem Hundertsten um eine Diät scheren? Welchen Schaden konnte ein Stück Torte anrichten, wenn man in seinem Leben zwei Kriege an vorderster Front überlebt hatte?

Die Tür des Bordrestaurants wurde geöffnet. Sie hörte das trockene Tappen eines Gehstockes auf den Planken. Ihre Hand umklammerte die Injektionsspritze in der Jackentasche.

* * *

»Erde an die Liebe meines Lebens, jemand zu Hause?«

»Hm?«

Katrin Friis riss sich vom Anblick des alten Herrn am Stock los, der auf die jüngere Frau an der Reling zuging. Vorhin war ihr aufgefallen, wie sie an der Schiebetür gezerrt hatte. In der Geste hatte Verzweiflung gelegen. Friis hatte gedacht, dass sie dringend frische Luft benötige. Beide, der alte Mann und die Frau, gehörten zur fünfköpfigen, Englisch sprechenden Gruppe, welche die vorderste Sitznische des Bordrestaurants in Beschlag nahm. Sie hatten sich das Kapitäns-Zmorge gegönnt. Friis und ihr Mann begnügten sich mit der Variante für Matrosen, gleiches Frühstück ohne Zopfbrot, Schinken, Ei, Joghurt und Orangensaft. Den glamourösen Bestandteil hatte Magnus in Form einer Flasche ihres Lieblingsproseccos beigesteuert, die in einem Eiskübel auf ihrem Tisch stand. Ihre Tischnachbarn, die sich bis auf die junge Frau draußen als Amerikaner entpuppten, hatten sich den Glückwünschen des Servierpersonals zur Kristallhochzeit angeschlossen.

»Katrin?«

»Was?«

Ihre Aufmerksamkeit war erneut von Magnus zu den beiden auf dem Außendeck abgedriftet.

Er hob sein Glas.

»Auf uns und weitere fünfzehn, hoffentlich etwas ruhigere Jahre.«

»Was meinst du mit ruhiger? Ist doch gut, wie's ist.«

Magnus lachte.

»Wenn du es sagst. Die bist diejenige, die jeden Tag frühmorgens aus dem Haus geht, und sich nicht mit zwei Teenagern herumschlagen muss.«

»Du Armer. Linne und Rasmus entwickeln sich doch großartig, dank dir.«

Bei ihrer Arbeit sah Friis weit Schlimmeres als zwei zeitweilig nervige Heranwachsende. Linne, die ältere, war in diesem Jahr fünfzehn geworden und trieb im Strudel einer pubertären Windhose. Dem zwei Jahre jüngeren Rasmus stand das erst bevor. Aber es sprach viel dafür, dass die Phase bei ihm glimpflicher ablief.

Friis fühlte sich glücklich. Sie würde sich jederzeit wieder auf Magnus einlassen. Es hatte Leute gegeben, darunter ihre Mutter, die nicht eingesehen hatten, weshalb Friis die Namenswahl der Kinder ihrem dänischen Ehemann überlassen hatte. Friis liebte alles, was Dänisch war. Aus diesem Grund hatte sie bei ihrer Heirat, ohne zu zögern, ihren Mädchennamen Wyss gegen den von Magnus eingetauscht.

Sie erhob sich von ihrem Platz und setzte sich mit dem Glas in der Hand neben ihren Mann. So hatte sie das Außendeck und dessen Ablenkungen im Rücken. Dann tat sie etwas, das sie normalerweise nie in der Öffentlichkeit tat: Sie legte ihren Mund auf Magnus' Lippen. Der Kuss dauerte lange genug, um das Geborgenheitshormon Oxytocin auszuschütten. Die Aktion blieb nicht unbemerkt. Die Amerikaner am Nebentisch applaudierten.

»Wofür war das?«, fragte Magnus, nachdem er Atem geholt und sich von der Überraschung erholt hatte.

»Für all die Jahre, die du es mit mir ausgehalten hast und für die zwei wunderbaren Menschen, die du aus unseren Bälgern gemacht hast.«

Magnus räusperte sich.

»Nichts, was du nicht auch allein geschafft hättest.«

Friis hatte ihren Gatten bei einem Europol-Führungslehrgang in Den Haag kennengelernt. Drei Tage und einen langen Spaziergang am Strand von Scheveningen später hatte der kühle Wikinger aus Kopenhagen das in Gefühlsdingen zurückhaltende Herz der Katrin Wyss aus Olten erobert.

»Stell dein Licht nicht unter den Scheffel«, sagte sie.

»Ohne dich hätte ich nichts geschafft, weder die Erziehung unserer Kinder noch meinen Job.«

»Den Job hättest du bestimmt ohne mich hinbekommen. Heute wärst du vielleicht eine alte Jungfer, aber sonst …«

»Hey!«

Grinsend wich er dem liebevollen Hieb in seine Seite aus.

»Weißt du, was ich jetzt am liebsten täte?«

»Sag's mir.«

Er blickte sich um und senkte den Kopf zu ihr herab.

Sie wandte das Gesicht ab.

»Sag's mir ins Ohr.«

Sie kannte ihn zu lange, um das hinterhältige Zucken seiner Mundwinkel nicht richtig zu interpretieren. Er war drauf und dran, etwas zu sagen, das nicht für die Öffentlichkeit bestimmt war. Friis schloss die Augen.

Dann hörten sie den Schrei.

Es war von draußen gekommen.

Friis fuhr herum. Auch die Aufmerksamkeit der anderen Passagiere im Speiseraum richtet sich auf das Außendeck. Die Frau stand allein dort. Sie musste geschrien haben. Für eine Sekunde kreuzten sich ihre Blicke. Die Fassungslosigkeit stand der rund zehn Jahre Jüngeren ins Gesicht geschrieben, die sich in diesem Moment, gefährlich weit über die Reling lehnte.

Wo war der alte Mann?

Friis sah sich um. War er hereingekommen, als sie mit Magnus beschäftigt war? Aber er saß weder an seinem Platz bei den Amerikanern, noch konnte sie ihn sonst wo im Raum entdecken.

Friis sprang auf.

»Kantonspolizei! Das Schiff stoppen, sofort!«, rief sie der Bedienung zu. »Ein Passagier ist über Bord gegangen.«

Sie rannte hinaus, wo die Frau im Schock erstarrt auf das Wasser zeigte.

»Er ... er ist hineingefallen«, sagte sie leise.

»Wo ist er?« Friis zog ihr Veston aus und streifte die Schuhe ab.

»Dort!« Die Frau deutete auf einen Punkt im Wasser.

Friis kniff die Augen zusammen. Sie sah ihn. Die Strömung trug ihn flussabwärts Richtung Altreu und Solothurn. Friis kletterte über die Reling.

»Katrin!«

Magnus kam mit einem Matrosen angelaufen.

»Alarmiert die Rettungskräfte!«, rief sie ihnen zu und sprang.

Die tiefe Temperatur und der Regenfall in der Nacht hatten die Aare merklich abgekühlt. Friis schnappte nach Luft. Die Reue, dem Matrosenfrühstück und vor allem dem Prosecco zugesprochen zu haben, kam zu spät. Sie zählte auf den Adrenalinschub. Vor Jahren hatte sie in einem Schwimmclub mitgemacht. Einmal hatte sie es sogar zur kantonalen Jugendmeisterin gebracht.

Sofern man das in dieser Situation sagen konnte, hatte sie Glück. Sie bekam den Mann am Mantelkragen zu fassen, bevor er versank. Er war nicht reaktiv. Sie glaubte, einen schwachen Puls zu fühlen. Um sich dessen sicher sein zu können, brauchte sie festen Boden. Das Solothurner Ufer lag näher als die Berner Seite. Sie schwamm darauf zu.

Sobald es ihr gelungen war, ihn stabil zu lagern, begann sie mit den lebensrettenden Sofortmaßnahmen.

Er hatte keinen Puls mehr.

2

Das Motorschiff Stadt Solothurn hatte gewendet. Friis stand zuvorderst auf dem Anleger von Altreu und sah zu, wie es sich näherte, während sie sich mit einem geliehenen Frotteetuch die Haare trocknete. Eine Kollegin von der Sicherheitspolizei hatte ihr eine Trainingshose und einen Kapuzenpulli mit dem Logo der Polizei Kanton Solothurn geliehen.

Hinter ihr, auf der Gartenterrasse des Restaurants Zum Grüene Aff, hatte sich eine Gruppe Schaulustiger versammelt. Das Eintreffen der zivilen und markierten Polizeifahrzeuge sowie einer Ambulanz des Bürgerspitals musste sie auf den Plan gerufen haben. Friis erkannte den einen oder anderen Journalisten unter ihnen. Sie hatte aufgegeben, sich zu fragen, wie die so schnell von dem Unglück erfahren hatten. Passagiere mussten den Vorfall an Bord des Schiffes in den sozialen Medien gepostet haben, eine willkommene Schlagzeile an einem gewöhnlichen Sommertag, der in dieser Beziehung sonst nicht viel zu bieten hatte. Polizisten sperrten den Zugang zum Steg ab. Friis ignorierte vereinzelte Zurufe der Journalisten, die sie erkannt hatten. Es gab nichts zu sagen, was diese nicht ohnehin schon wussten oder zu wissen glaubten.

Sie fühlte sich wie ein ausgewrungener Waschlappen und wünschte sich, eine oder zwei Minuten allein zu sein, damit Magnus sie in den Arm nehmen konnte. Für den alten Mann hatte sie nichts mehr tun können. Inmitten all der Menschen und unter den Augen ihrer Kollegen sollte keiner sehen, wie ihr zumute war. Wer immer der alte Mann gewesen war, er hatte nicht verdient, nach einem langen Leben auf diese Weise zu sterben, weit weg von seiner Heimat. Sein Leichnam war unterwegs nach Bern zum Institut für Rechtsmedizin.

Hinter ihr klingelte das Handy eines uniformierten Kollegen. Er antwortete und reichte den Apparat weiter an Friis.

»Im IRM sind sie bereit für die Legalinspektion, die Leichenschau, sobald sie den Leichnam auf dem Tisch haben«, sagte Mike Lüthi, ihr stellvertretender leitender Ermittler der Kriminalabteilung.

»Ist jemand von der Staatsanwaltschaft unterwegs?«, fragte Friis.

»Hannah Wirz kommt mit Maja. Sie sollten jeden Moment bei euch eintreffen. Ich fahre nach Bern ins IRM.«

»Gut, jemand in Solothurn soll schauen, was es über das Opfer herauszufinden gibt.« Friis blätterte im durchnässten Pass, den sie beim Toten gefunden hatte. »Der Name ist Martin Wilkinson, amerikanischer Staatsbürger, geboren am 14. März 1924 in Albany, Bundesstaat New York. Und benachrichtigt die Botschaft in Bern.«

»Du klingst nicht so, als würdest du es für einen Unfall halten.«

Es war ein unbestimmtes Gefühl, das Friis ihm nicht gleich auf die Nase binden wollte. »Bis auf Weiteres gehen wir ergebnisoffen vor.« Sie legte auf.

Sobald die Stadt Solothurn angelegt hatte, sprang Friis an Bord, bevor das Schiffspersonal die Einstiegsrampe ausgefahren hatte. Magnus nahm sie in Empfang. Sie umarmten sich.

»Bist du in Ordnung? Du siehst schlimm aus«, sagte er.

»Phantastisch wie du immer genau die Worte findest, die eine Frau von ihrem Mann hören will. Sind alle versammelt?«

»Im Bordrestaurant, einschließlich der Crew. Die Vorhänge sind zugezogen, wie du es wolltest.«

Friis nickte zufrieden. Die Journalisten und Fotografen konnten warten.

Zwei Uniformierte befragten die Passagiere einschließlich der Amerikaner.

Auf Friis' Bitte hatte Magnus dafür gesorgt, dass die junge Frau, sie hieß Marielle Rochat, von den übrigen Passagieren getrennt blieb. Sie wartete in eine Wolldecke gewickelt auf der dem Ufer abgewandten Seite des Außendecks. Auf Friis' Weisung stellten Kriminaltechniker einen Tatortsichtschutz zwischen Rochat und den neugierigen Blicken der Schaulustigen am Ufer. Friis beobachtete die Frau durch die Scheibe des Bordrestaurants, nachdem sie kurz mit den Amerikanern gesprochen und ihr Mitgefühl ausgedrückt hatte.

Die Temperaturen waren inzwischen auf einem für die Jahreszeit annähernd üblichen Niveau. Bleich, aber ansonsten gefasst, wartete Rochat, bis jemand sich um sie kümmerte. Mit fahrigen Bewegungen zerknüllte sie ein Papiertaschentuch, zog es auseinander, um es gleich wieder zu einem Knäuel zu kneten. Sie weinte nicht. Im

Gegensatz zu ihrer ersten Reaktion und abgesehen von der Massakrierung des Taschentuches wirkte sie unbeteiligt. Merkwürdig für jemanden, der den Tod eines Mitmenschen mitansehen musste. Jede und jeder ging anders mit Trauer um.

Eine Hand legte sich auf Friis' Schulter.

»Können wir, Katrin?«

Friis begrüßte Staatsanwältin Hannah Wirz mit einer flüchtigen Umarmung. »Warte rasch.« Sie deutete auf die Frau, die nicht bemerkt hatte, dass sie beobachtet wurde.

»Wer ist das?«, fragte Wirz.

»Die Zeugin, Marielle Rochat.«

»Die Frau, die gesehen hat, wie das Opfer, dieser …«

»Martin Wilkinson.«

»Genau, sie hat gesehen, was passiert ist?«

Friis nickte.

»Dein erster Eindruck?«

Wirz betrachtete die Frau, deren Hände den inzwischen löchrigen Fetzen, der einst ein Papiertaschentuch gewesen war, erneut zerknüllten. »Ist sie wirklich so ruhig, wie sie den Anschein geben möchte?«

»Sie ist nervös, ich frage mich, warum.«

»Warum nicht? Sie steht unter Schock.«

»Mal sehen, vielleicht ist da noch etwas anderes.«

»Was denn?«, fragte Wirz. »Verdächtigst du sie, diesen Wilkinson über Bord geschubst zu haben?«

»Finden wir es heraus.« Friis öffnete die Tür.

Rochat hob den Kopf. Die Hand mit dem Taschentuch verschwand in der Jackentasche.

»Frau Rochat?« Wirz streckte ihr die Hand entgegen.

»Hannah Wirz von der Staatsanwaltschaft Solothurn.« Sie zeigte auf Friis. »Major Friis, sie leitet die Kriminalabteilung. Fühlen Sie sich in der Lage, ein paar Fragen zu beantworten?«

Rochat sah von der einen zur anderen. »Kriminalpolizei? Aber warum? Glauben Sie, es war … Mord?«

»Das muss geklärt werden. Frau Friis war zufällig als Erste vor Ort. Deshalb ist sie hier.«

Rochat nickte. »Ich habe Sie vorhin im Restaurant gesehen. Am Tisch hinter uns, fünfzehnter Hochzeitstag. Herzlichen Glückwunsch, noch mal.«

»Danke.« Friis legte ihre Hand auf die von Wirz, die ihren Arm zu einer stillen Gratulation kurz drückte.

»Schildern Sie doch bitte, wie es zu dem Vorfall gekommen ist«, sagte Friis.

»Sie meinen von Anfang an?«

»Von dem Moment, als Herr Wilkinson hinaus aufs Deck getreten ist. Wo haben Sie gestanden?«

Rochat stand auf und ging zur Reling beim Bug links der Schweizerflagge. »An dieser Stelle hing ich meinen Gedanken nach.«

Friis und Wirz achteten darauf, so zu stehen, dass sie Rochat möglichst verdeckten.

»Sie waren allein? Sonst befand sich niemand an Deck?«, fragte Wirz.

Rochat schüttelte den Kopf. »Ich hörte, wie die Tür zum Restaurant aufging. Dann sah ich Martin auf mich zukommen.«

»Er kam direkt auf Sie zu? Wollte er mit Ihnen sprechen?«

»Keine Ahnung, vielleicht, aber dann …«

»Dann was?«, fragte Wirz, als nichts mehr kam.

»Ich bin nicht sicher, ich habe mich wieder von ihm abgewandt, bis … bis ich ihn röcheln hörte. Ich drehte mich wieder zu ihm um. Er fasste sich ans Herz und wollte sich mit der anderen Hand an der Reling festhalten. Aber er ist abgerutscht und hat den Halt verloren. Er ist vornüber ins Wasser gefallen. Ich wollte ihn hochziehen, aber er war zu schwer. Beinahe hätte ich selbst das Gleichgewicht verloren. Ich musste ihn loslassen. Ich habe geschrien und … Mein Gott!« Rochats Hand fuhr zum Mund. Sie sah Friis und Wirz aus großen Augen an. Die erste echte Gefühlsregung, die Friis an ihr feststellte. »Ich bin schuld. Hätte ich Martin festgehalten, wäre er jetzt noch am Leben.«

»Oder Sie wären mit ihm ins Wasser gestürzt«, sagte Wirz. »Wir machen Ihnen keinen Vorwurf, Frau Rochat.«

»Sie haben nicht gezögert«, sagte Rochat zu Friis. »Sie sind sofort in den Fluss gesprungen, um Martin zu retten. Ich hätte auch …«

»Dafür wurde ich ausgebildet«, unterbrach sie Friis.

Rochat nickte zaghaft.

»Hatte Martin … ich meine, es sah aus, als hätte Martin einen Herzanfall. Ist er daran gestorben?«

»Dazu können wir noch nichts sagen«, antwortete Wirz. »Wir müssen den Bericht des Instituts für Rechtsmedizin abwarten.« Sie deutete zum Sichtschutz. »Gehen wir nach hinten.«

»Sie waren mit den Amerikanern zusammen«, sagte Friis, nachdem sie sich wieder gesetzt hatten. »Als einzige Schweizerin? Wo sind Sie wohnhaft?«

»Flumenthal, in der Wohnung meines Freundes. Wir …

wir haben uns getrennt.« Rochats Augen bekamen einen feuchten Glanz, frischer Trennungsschmerz.

»In welcher Beziehung stehen Sie zu den Amerikanern? Sind Sie mit ihnen verwandt?«

»Nicht verwandt. Martin, ich meine Mr. Wilkinson, kannte meine Großmutter seit dem Krieg.«

»Sie meinen den Zweiten Weltkrieg?«

Rochat nickte.

»Meine Großmutter war Französin, aus der Normandie.«

»Was war der Grund für Herrn Wilkinsons Besuch? Wollte er zu Ihnen?«

»Nein, das ...« Rochats Blick glitt hinüber zum Schiffsrestaurant. »Heuer ist der achtzigste Jahrestag der Invasion in der Normandie. Es gab eine große Zeremonie mit allen Staatsoberhäuptern der Alliierten. Der englische König war auch dort. Martin ist ... war einer der wenigen noch lebenden Veteranen, die 1944 dabei waren.«

Friis hatte den Bericht im Fernsehen gesehen. Die meisten der alten Kämpfer saßen im Rollstuhl. Viele von ihnen kehrten regelmäßig einmal im Jahr in die Normandie zurück, um ihrer gefallenen Kameraden zu gedenken. Allein am 6. Juni, dem ersten Invasionstag, waren Tausende Soldaten auf alliierter und deutscher Seite an den Stränden gefallen. Die alliierten Soldatenfriedhöfe in der Normandie zählen über dreißigtausend, die deutschen achtzigtausend Gräber. Von der Zivilbevölkerung verloren zwanzigtausend Menschen das Leben. Beim Anblick der Bilder über die Feierlichkeiten hatte Friis sich gefragt, was für Gedanken durch die Köpfe der greisen Männer gegangen sein mussten, die als halbe Kinder dort um ihr Leben gekämpft hatten.

»Vor einem Monat hat Martin mit mir Kontakt aufgenommen«, sagte Rochat. »Er wollte mich besuchen.«

»Sie hatten sich zuvor nicht gekannt?«

»Nicht persönlich. Mein Vater hatte wenig vom amerikanischen Freund meiner Großmutter erzählt. 1944 war sie siebzehn. Irgendwann in den fünfziger Jahren ist sie gestorben, Krebs glaube ich.«

»Hatte Herr Wilkinson einen besonderen Grund, jetzt mit Ihnen Kontakt aufzunehmen?«, fragte Wirz.

»Um mich kennenzulernen, sehen, wie ich lebe. Ich fand es merkwürdig.«

»Merkwürdig, inwiefern?«

»Er hat geschrieben, dass er meine Großmutter kurz vor ihrem Tod das letzte Mal besucht hatte.«

Was brachte einen Hundertjährigen dazu, mit einer jungen Frau in Verbindung zu treten, die er nie gekannt hatte? Friis wechselte einen Blick mit Wirz. Sie sah so aus, als ginge ihr der gleiche Gedanke durch den Kopf.

»Damit ich es richtig verstehe«, sagte Wirz. »Als es passierte, befanden Sie sich dort.« Sie zeigte auf die Stelle, wo sie vorhin zu dritt gestanden hatten.

Rochat nickte.

»Mr. Wilkinson kam heraus. Sie drehten sich zu ihm um.«

Erneutes Kopfnicken.

»Und dann?«, fragte Wirz. »Hat er etwas gesagt oder haben Sie ihn angesprochen?«

»Ich kam nicht dazu. Ich wollte ihn fragen, wie es ihm

geht, ob ihm die Fahrt gefällt. Ich hatte vor, ihm und den drei anderen den längsten Schifffahrtsweg der Schweiz zeigen. Heute stand die Aarefahrt nach Biel auf dem Programm, für morgen war die Drei-Seen-Fahrt vorgesehen. Alle haben sich darauf gefreut, Martin am meisten. Bevor ich etwas sagen konnte, krümmte er sich und fasste sich ans Herz. Dann verlor er das Gleichgewicht und ...« Ihre Stimme verlor sich.

»Vorhin sagten Sie, er umfasste die Reling, um sich festzuhalten«, sagte Wirz. »Dabei rutschte er ab.«

»Das stimmt. Den Rest kennen Sie.«

Wirz stand auf. »Danke, Frau Rochat, benötigen Sie noch etwas, möchten Sie, dass jemand vom Care-Team sich um Sie kümmert?«

»Wozu? Mir ist ja nichts passiert. Martin tut mir leid. Er hat so viel erlebt, all die schlimmen Kriege, in der Normandie und später in Korea. Und jetzt stirbt er hier, an einem der friedlichsten Orte der Welt. Das Leben ist manchmal grausam.«

Wirz reichte ihr die Hand. »Noch mal mein Beileid. Ich wünsche Ihnen alles Gute, Frau Rochat. Melden Sie sich, wenn wir etwas für Sie tun können.«

Friis verabschiedete sich ebenfalls. Bevor sie die Tür zum Bordrestaurant erreichte, drehte sie sich zu Rochat um. »Eine Frage noch, wenn Sie gestatten.«

»Bitte.«

»Treiben Sie Sport?«

Marielle Rochat sah sie konsterniert an. »Was hat das ... Wieso ist das wichtig?«

»Nur so, Sie sind schlank, machen aber trotzdem einen kräftigen Eindruck.«

»Ich laufe viel und fahre Rad. Wenn ich kann, gehe ich einmal die Woche ins Krafttraining.«

Friis nickte anerkennend. »Wie gut kennen Sie Herrn Wilkinsons Begleitpersonen?«

»Gar nicht.« Rochat zuckte mit den Achseln. »Ich habe sie zum ersten Mal gesehen, als sie gestern Abend aus Frankreich angereist sind. Wir haben gemeinsam zu Abend gegessen und uns unterhalten.«

»Verstehe.« Friis reichte die Hand zum Abschied. Rochat erwiderte die Geste mit einem unsicheren Lächeln.

»Und? Was hältst du jetzt von ihr?«, fragte Friis.

Sie standen auf der Terrasse des Grüene Aff innerhalb der Absperrung, damit die Journalisten sie in Ruhe ließen.

»Schwer zu sagen«, meinte Wirz. »Sie macht einen aufrichtigen Eindruck, andererseits …«

»Andererseits?«, fragte Friis. »Sag mir, dass du das Gleiche denkst wie ich.«

»Sie hält etwas zurück.«

»Nicht wahr? Ich würde so weit gehen zu behaupten, dass es ihr dabei nicht gut geht.«

»Sie hat Angst. Fragt sich, wovor«, sagte Wirz.

»Sie treibt Sport und Krafttraining. Sie wäre kräftig genug, einen Mann über die Reling zu stoßen.«

Wirz deutete zur knapp hüfthohen Reling am Außendeck der Stadt Solothurn. »Ich bin eine miese Sportlerin, aber das würde sogar ich noch hinkriegen, und du wahrscheinlich auch. Warten wir ab, bis der Bericht vom IRM vorliegt.«

»Ich kümmere mich darum. Die Legalinspektion müsste inzwischen im Gang sein. Ich rufe gleich Mike Lüthi an. Vielleicht hat er schon was Brauchbares.«

Wirz deutete auf die Journalisten, die auf sie warteten. »Und ich vertröste die Damen und Herren da drüben schon mal auf morgen.«

* * *

Marielle stellte den Motor ab und blieb mit geschlossenen Augen sitzen. Um diese Tageszeit standen nur vereinzelt Fahrzeuge in der Tiefgarage ihres Wohnblocks. Sie benutzte selten einen der zwei ihr zustehenden Abstellplätze, ein paarmal im Winter vielleicht, wenn sie sich die Kratzerei und Wischerei sparen wollte.

In den letzten Tagen benutzte sie die Tiefgarage öfter als üblich. Damian sollte nicht wissen, ob sie zu Hause war oder nicht. Seit das Annäherungsverbot in Kraft war, durfte er sich im Grunde genommen überhaupt nicht in ihrer Nähe aufhalten.

Vor drei Wochen war er in Silvains Schule aufgetaucht. Am selben Abend stand er plötzlich vor ihrer Wohnungstür und wollte Silvain sehen. Marielle hatte ihn schon zu Bett gebracht. Bevor sie die Tür zuschlagen konnte, hatte er sich mit einem heftigen Stoß dagegengeworfen und sie geohrfeigt.

Ihre Nachbarin hatte es mitbekommen und die Polizei alarmiert. Sie nahmen Damian mit, nachdem sie Marielles aufgeplatzte Lippe und Blutergüsse an den Armen gesehen hatten.

Sie hatte auf eine Anzeige verzichtet. Es war das erste

Mal, dass Damian sie geschlagen hatte. Dafür hatte sie auf ein Annäherungsverbot bestanden. Sie wollte einfach von ihm in Ruhe gelassen werden.

Marielle legte die Stirn auf das Lenkrad, bis das Crescendo ihrer Gedanken abklang. Sie hatte keine Ahnung, wie sie es durch Solothurn und bis hierher geschafft hatte. Nach allem, was heute passiert war, hatte sie wenigstens keinen Unfall gebaut. Martins Tod und die Fragen der Staatsanwältin hatten ihr zugesetzt.

Frau Friis, die harmlose Schiffsreisende, die sich in eine argwöhnische Kripopolizistin verwandelt hatte. Marielle spürte, dass sie ihr nicht glaubte. Was hätte sie ihr erzählen sollen? Dass Martin sie am Vorabend unter vier Augen sprechen wollte? Sie war darauf eingegangen, aus Neugierde. Jean-Luc, ihr Vater, hatte es bis zu seinem Tod nicht fertiggebracht, zu reden. Nach der Beerdigung hatte ihre Mutter ihr eine Schatulle mit Briefen und Fotos ausgehändigt. Sie stammten aus einer Zeit, die Marielle nur vom Geschichtsunterricht kannte. Das war vor achtzehn Jahren, kurz nach ihrem sechzehnten Geburtstag. Der Teenager Marielle hatte ihre Mutter oft an den Rand der Verzweiflung gebracht. Christine Rochat hatte abbekommen, was für Marielles Vater bestimmt gewesen wäre.

Es war ein banaler Herzinfarkt, an einem Sonntagmorgen am Frühstückstisch, kurz nachdem er das Dreiminuten-Ei geköpft hatte. Mitten in der Bewegung, mit der er den Löffel in den Mund stecken wollte, hatte er gestockt, geseufzt und war vornübergekippt, direkt in das Ei. In der Nacht zuvor war Marielle mit einem Jungen aus ihrer Klasse zusammen gewesen und eine

Stunde vor dem Frühstück nach Hause gekommen. Damit die Eltern keinen Verdacht schöpften, war sie zum Frühstück erschienen. Jean-Lucs Tod hatte sie im Halbschlaf miterlebt und aufgelacht, als seine Nase ins Eigelb tauchte.

Die Schatulle der Großmutter lag irgendwo auf dem Dachboden des Wohnblocks. Marielle wusste nicht einmal mehr genau, wo. Wozu auch?

Hatte sie geglaubt, bis vor gut einem Monat der Anruf aus den USA gekommen war. Der Anrufer hatte sich als Familienanwalt der Wilkinsons aus Rochester vorgestellt. Während sie ihm zuhörte, hatte sie den Ort gegoogelt. Nach New York City, Buffalo und gemeinsam mit Yonkers war es die drittgrößte Stadt des Bundesstaates New York. Das war alles, was sie auf Anhieb verstanden hatte. Den Rest über Martin Wilkinson, seine Familie und das Unternehmen Wilkinson Industries Ltd. musste sie sich zweimal erklären lassen. Selbst dann hatte sie es nicht ganz erfasst. Der Anwalt war lediglich ein Wegbereiter. Am Tag darauf hatte Scarlett, Martins Schwester, angerufen. Martin sei ein guter Freund ihrer Großmutter Jacqueline gewesen. Die beiden hätten sich 1944 im Krieg kennengelernt, nachdem Martin mit der ersten Invasionswelle in Frankreich gelandet war.

Marielle, deren Englischkenntnisse nebst der Schule auf einem Jahre zurückliegenden dreimonatigen Sprachaufenthalt auf der Insel Malta beruhten, hatte sich zuerst an den Ostküstenakzent gewöhnen müssen, bis sie begriffen hatte, was die Frau ihr gesagt hatte. Gemeinsam mit Martin, seinem Sohn Bart und dessen Frau Donna würden sie zur Gedenkfeier zum achtzigsten Jahrestag des D-Days in die Normandie fahren. Danach wollten sie die Schweiz besuchen, und sie kennenlernen. Mehr wollte sie ihr am Telefon nicht erzählen.

Marielle hatte zugesagt, eher aus Neugier als aus dem Bedürfnis heraus, jemanden aus der grauen Vorzeit der Jugend ihrer Großmutter kennenzulernen. Und weil es vielleicht helfen würde, den Zoff mit Damian zu vergessen. Auf einmal war das Licht weg. Die sensorgesteuerte Beleuchtung der Tiefgarage hatte sich automatisch abgeschaltet. Irgendwo in der Dunkelheit schepperte es. Marielle machte die Innenbeleuchtung des Autos an und schnappte ihre Umhängetasche, die sie auf dem Beifahrersitz abgelegt hatte. Sie begann, darin zu wühlen. Wo waren die Wohnungsschlüssel? Sie war sicher, sie in die Tasche gelegt zu haben, als sie am Morgen die Wohnung verlassen hatte, wie jeden Tag, wenn sie das Haus verließ. Mit dem Unterschied, dass heute nicht jeder Tag war. Hatte sie sie in die Jacke gesteckt? Diese hatte sie vor der Abfahrt im Berntor-Parkhaus in den Kofferraum gelegt.

Die Dunkelheit und die Geräusche machten ihr Angst. Sie musste hier raus. Der Schlüssel im Kofferraum konnte warten. Notfalls würde sie bei der Nachbarin klingeln, die den Zweitschlüssel hatte.

Auf dem Weg zum Treppenhaus passierte sie einen Lichtsensor. Es wurde mit einem Schlag hell. Sie stand allein mitten in der Garage. In diesem Moment fiel ihr ein, dass sie unbedingt noch mal zurück zum Auto musste. Mit dem nagenden Gefühl, aus einem dunklen Winkel heraus beobachtet zu werden, legte sie die knapp zwanzig Meter im Laufschritt und unablässig den

Entriegelungsknopf ihres Autoschlüssels betätigend zurück. Sie durchsuchte die Taschen ihrer Windjacke, die sie vor der Abfahrt in Solothurn in den Kofferraum gelegt hatte. Dass sie dabei den Wohnungsschlüssel fand, war keine Erleichterung. Ihre Hand glitt in die rechte Tasche und griff ins Leere. Marielles Magen krampfte sich zusammen. Sie erbrach sich zwischen Kühlerhaube und der Wand, vor der sie geparkt hatte.

Zurück in der Wohnung drückte sie die erste Nummer auf der Anrufliste.

»Ich brauche deine Hilfe«, sagte sie, nachdem auf der anderen Seite abgehoben worden war.

3

Sobald Friis erwachte, verblassten die Bilder ihres Traumes. Sie hielt die Augen geschlossen und sah den alten Mann immer noch am Ufer eines Gewässers stehen. Die Erinnerung, ob Fluss oder See, war bereits verschwommen. Der Mann ging ins Wasser und ließ sich von der Strömung davontreiben. Sie versuchte, ihn daran zu hindern, als er sie plötzlich an sich zerrte. Sie nahm den Geruch seines Körpers wahr, ein bitteres Röstaroma mit schokoladiger Note.

»Morgen, Mama.«

Friis schlug die Augen auf. Eine Tasse, aus der aromatischer Duft aufstieg, hing vor ihr in der Luft. Dahinter kam das Sommersprossengesicht ihrer Tochter zum Vorschein.

»Kaffee?«

Eigenartig lächelnd hielt sie Friis die Tasse hin. Friis wollte sich aufsetzen, bis sie merkte, dass sie unter der Decke nackt war. Nicht, dass sie sich dessen vor Linne schämte. Dafür verbrachten sie zu oft Zeit in Saunen. Üblicherweise trug Friis einen Schlafanzug. Wenn sie im Bett nichts anhatte, bedeutete es nur eines. Daher Linnes verschämtes Lächeln. Wenigstens kein Augenverdrehen, Schnauben oder andere Reflexe eines Teenagers, dessen Eltern anfingen, peinlich zu werden.

Friis nahm Linne die Tasse ab.

»Großartig der Service, danke.«

»Gut geschlafen?« Linnes Blick ruhte auf dem Saum der Bettdecke über Friis' Brustansatz. Konnte es sein, dass sie dabei errötete? Linne hatte seit einigen Monaten einen Freund und Friis hatte keine Ahnung, ob die beiden schon intim waren. Sie ging davon aus. Sobald sie Wind davon bekommen hatte, war ein Gespräch fällig geworden. Seitdem wusste Friis, dass sie auf Linnes Instinkt vertrauen musste. Sanft strich sie eine rotblonde Strähne aus deren Gesicht. Ihre Tochter sah ihr jeden Tag ein wenig ähnlicher, mit Ausnahme der braunen Augen, die sie von ihrem Vater hatte.

»Papa ist unter der Dusche. Schönen Gruß, und du bist spät dran.«

»Wie viel Uhr ist es?« Friis streckte die Hand nach ihrem Handy aus.

»Zehn vor sieben.«

»Mist. Ich habe um sieben eine Besprechung.«

Linne verzog den Mund.

»Deine Kollegen können sicher mal eine halbe Stunde lang ohne dich Verbrecher jagen.«

Nach der Rückkehr zur Schanzmühle am Vorabend hatte Lüthi Friis nach Hause geschickt. Sie solle sich von ihrem gewagten Rettungseinsatz erholen. Derweil würde er sich um weitere Erstabklärungen und Befragungen kümmern.

Magnus hatte gekocht. Sie hatten mit den Kindern gegessen. Nachdem Linne und Rasmus in ihren Zimmern verschwunden waren, hatte Magnus eine Flasche Rotwein geöffnet. Was danach passiert war, konnte Friis nicht mehr ganz nachvollziehen. Der Gedanke daran hinterließ ein wohliges Gefühl.

Die leere Rotweinflasche und die Gläser waren aus dem Schlafzimmer verschwunden. Magnus musste sie entsorgt haben, damit den Kindern das Bild ihrer dekadenten Eltern erspart blieb.

»Bad ist frei.«

Mit einem Badetuch um die Hüften kam Magnus ins Zimmer. Er beugte sich zu ihr und küsste sie auf Mund und Nacken, bis Linne ein Räuspern von sich gab. Er wollte ihr einen Morgenkuss zu geben.

»Bleib weg von mir, du bist ganz nass«, kreischte sie. »Außerdem …« Sie musterte ihre Eltern mit einer Mischung aus Faszination und Abscheu. »Ich muss zur Schule.« Sie verschwand aus dem Zimmer.

»Was ist mit der los?«, fragte Magnus, der sich des Handtuchs entledigte und neben Friis unter die Decke schlüpfte.

»Hast du dich in ihrem Alter nicht für deine Eltern geschämt?«, fragte sie.

Magnus lachte.

»Da hätte ich viel zu tun gehabt. Du weißt ja, wie hellhörig es in Valby ist.«

Friis wusste es nur zu gut. Bei ihrem ersten Besuch bei Magnus' Eltern im Kopenhagener Vorort hatte sie deren Heiterkeit erregt, als sie auf ein Hotelzimmer bestanden hatte, wenn sie mit Magnus schlafen wollte. Er hatte es einzig ihrer Liebe zu ihm zu verdanken, dass sie nicht mit ihm Schluss gemacht hatte, nachdem er den Grund dafür brühwarm seinen Eltern erzählt hatte.

»Wann musst du im Büro sein?«, fragte Magnus, während seine Hände sie unter der Decke abtasteten.

»Vor zehn Minuten. Hast du in der Nacht meinen Wecker abgestellt?«

»Wie käme ich dazu? Du hast ihn gar nicht eingeschaltet.«

Er zog sie an sich.

Friis wäre schwach geworden, wenn da nicht der unerbittliche Vibrationsalarm ihres Handys gewesen wäre. Das Display zeigte die Nummer von Mike Lüthi.

»Wo steckst du, Katrin? Wir warten.«

Sie biss sich auf die Lippen und sah dabei Magnus an. Er hatte das Lächeln aufgesetzt, in das sie sich damals verliebt hatte.

»Gib mir dreißig Minuten.«

Sie hängte auf und löste sich mit einem Seufzer von Magnus. »Wir holen das nach, versprochen.«

Im Korridor vor ihrem Büro traf Friis auf Lüthi. Er hatte zwei Tassen in der Hand und eine Akte unter dem Arm.

»Ich wollte gerade zu dir.«

Friis sperrte ihr Büro auf und nahm ihm eine Tasse ab. »Merci, genau, was ich jetzt brauche. Sue ist heute nicht da.« Ihre Assistentin hatte sich freigenommen.

Mike setzte sich an den Sitzungstisch.

»Gern geschehen, alles in Ordnung mit dir?«

»Ich meine nur«, sagte er, nachdem ihre Antwort aus einem langen Blick bestanden hatte. »Sonst bestehst du immer …«

»… auf Pünktlichkeit, ich weiß. Tut mir leid, es ist was dazwischengekommen, privat. Kommt nicht wieder vor. Was gibt's Neues?«

Lüthi warf einen Blick auf die Uhr.

»Der finale Bericht der Rechtsmedizin sollte jeden Moment eintreffen.«

»Vorläufige Einschätzung?«

»Ertrinken ist nicht die Todesursache. Martin Wilkinson hat kein Wasser in den Lungen. Du dürftest mit deiner Vermutung richtigliegen.«

»Welche war das?«

»Er war bereits tot, als er auf dem Wasser aufschlug, oder er ist kurz danach gestorben.«

»Eher Letzteres. Er blieb an der Wasseroberfläche, bis ich bei ihm war. Also, woran ist er gestorben? Herzinfarkt?«

»Die im IRM lassen sich nicht auf die Äste hinaus. Wir müssen abwarten. Wenn ich richtig verstanden habe, hatte Wilkinson eine lange Reise hinter sich. Dann die Strapazen der Feierlichkeiten in der Normandie. Ein hundertjähriges Herz kann da schon mal schlapp machen.«

Friis nippte nachdenklich an ihrer Tasse. »Das deckt sich mit der Aussage der Zeugin.«

»Marielle Rochat? So wie du es sagst, klingt es nicht überzeugt.«

»Mich wundert, dass sie den Mann nicht festhalten konnte. Wilkinson war zwar größer als sie, aber kein Riese und auch nicht sonderlich schwer. Marielle Rochat scheint kräftiger zu sein, als sie den Anschein macht.«

»Wahrscheinlich wurde sie von Wilkinsons Anfall überrascht. Es war bestimmt ein Unfall.«

»Warten wir's ab«, sagte Friis. »So oder so werden wir noch mal mit ihr sprechen müssen. Dann möchte ich, dass du sie befragst.«

»Okay. Noch was: Kurz bevor du reingekommen bist, bekam ich einen Anruf vom Kommandanten.«

Na prima. Ausgerechnet heute, wenn sie das gefühlt erste Mal zu spät kam.

»Was wollte er?«

»Dich sprechen. Er konnte dich nicht erreichen.«

Friis prüfte die Anrufliste ihres Handys. Sie war so beschäftigt und hatte es nachher dermaßen eilig gehabt, dass sie den verpassten Anruf von Oberst Wille nicht beachtet hatte.

»Hat er gesagt, worum es ging?«

»Er selbst hat vorher einen Anruf bekommen, von der Departements-Chefin. Sie wollte wissen, wie weit wir mit dem Fall sind.«

Das wurde immer schöner. »Weshalb interessiert sich die Regierungsrätin für diesen Fall?«

»Weil auch sie zuvor angerufen worden war, aus Bern, die Generalsekretärin des EDA.«

»Vom Außendepartement? Wegen Wilkinson?«

»Genau, und es geht noch weiter. Die Generalsekretärin wiederum hatte am frühen Morgen ein Videogespräch mit der Botschaft und dem US-Außenministerium.«

»Am frühen Morgen? Mitten in der Nacht jenseits des Teichs? Wer war dieser Wilkinson? Kabinettsminister oder etwa ein Ex-Präsident, an den ich mich gerade nicht erinnern kann?«

»Das nicht, aber fast, er war ein hochdekorierter Kriegsheld. Vor allem aber war er Mehrheitsaktionär von Wilkinson Industries, einer Dow-Jones-Firma mit einem Börsenwert im oberen dreistelligen Milliarden-

Dollar-Bereich. Obwohl er im Ruhestand war, traf er ein- bis zweimal im Monat den Hausherrn des Weißen Hauses zum Frühstück.«

»Wilkinson Industries ist mir ein Begriff«, sagte Friis. »Sie sind im Bereich Raumfahrt stark präsent, ebenso in der zivilen und militärischen Luftfahrt sowie im Energiesektor.«

»Daneben haben sie eine Division für Haushaltelektronik, eine eigene Reederei, eine Flotte von Frachtflugzeugen sowie eine Speditionsfirma im Portfolio«, sagte Lüthi. »Ich habe dem Kommandanten gesagt, du seist in einer auswärtigen Besprechung. Er erwartet dich zeitnah in seinem Büro. Die Regierungsrätin sitzt ihm im Nacken. Ich habe ihm gesagt, was wir schon wissen.«

Typisch Politiker und ihre Einbildung, Verbrechen müssten über Nacht gelöst werden können.

»Sie müssen sich noch etwas gedulden«, sagte Friis. »Habt ihr die Aussagen von Wilkinsons Begleitern?«

Lüthi schob die Akte über den Tisch. »Das sind die Befragungsprotokolle der Schiffspassagiere einschließlich der Amerikaner. Namenslisten mit persönlichen Angaben und Kontaktdaten liegen bei. Kannst du auch alles online abrufen.«

Friis überflog die Dokumente. Sie verweilte beim Porträtbild des Mannes, den sie aus der Aare geborgen hatte. Es zeigte einen mild lächelnden Mann mit kantigen Gesichtszügen und schneeweißem Haar. Er sah aus wie der All-American-Hero, den Hollywood in seinen goldenen Zeiten scharenweise produziert hatte. Auf dem Bild sah er jünger aus, als Friis ihn vor dem Vorfall in Erinnerung hatte.

»Gibst du mir eine Kurzfassung, bitte?«

»Martin Ronald Wilkinson III., geboren am 29. September 1924 in Albany, Hauptstadt des US-Bundesstaates New York. Die Familie ist eine der vermögendsten und angesehensten Dynastien der Oststaaten. Wie die Kennedys und Rockefellers gehören sie dem amerikanischen Geld- und Politadel an. Mit achtzehn schummelte sich Wilkinson als Rekrut in die US-Streitkräfte. Er wollte unbedingt in Europa kämpfen und helfen, Europa von den Nazis zu befreien. Kurz vor seinem zwanzigsten Geburtstag landete er am 6. Juni 1944 mit der ersten Invasionswelle der Alliierten auf dem Küstenabschnitt Omaha in der Normandie. Dort zeichnete er sich durch besondere Tapferkeit aus, als er mit den Kameraden seines Zuges und lediglich mit Gewehren und Handgranaten bewaffnet, die Besatzung eines deutschen Bunkers neutralisierte.«

Neutralisierte, die hygienische Umschreibung eines Massakers. Wie viel von Angst und Verzweiflung genährter Wut brauchte es dafür? Und die getöteten deutschen Soldaten? Waren sie nicht auch fast Kinder gewesen? Vergessen und ohne Heldenstatus, weil sie auf der falschen Seite der Geschichte gestanden hatten?

»Wilkinson scheint nicht umsonst ein hochdekorierter Veteran gewesen zu sein«, sagte sie.

»Das kannst du laut sagen. Er gehörte zu den wenigen Amerikanern, denen die Ehrenmedaille des Kongresses zu Lebzeiten verliehen wurde. Er bekam sie nach Einsätzen im Koreakrieg. Zu jener Zeit war er schon Träger des *Silver Star* und des *Purple Heart*. Es ist bereits davon die Rede, dass er ein Staatsbegräbnis bekommen soll.«

»Beeindruckend. Weshalb war er in Solothurn?«

»Hat Marielle Rochat nichts dazu gesagt?«

»Nur, dass er ein Freund ihrer Großmutter war, und dass er sie kennenlernen wollte.«

»Das stimmt mit den Aussagen seiner Begleitung überein. Wilkinson hatte eine offizielle Einladung für die Feierlichkeiten zum achtzigsten Jahrestag des D-Days erhalten. Soll eine große Sache gewesen sein. Ich habe mir auf YouTube ein Video dazu angeguckt. Wilkinson war auch zu sehen, als er dem US-Präsidenten und König Charles die Hand schüttelte. Im Vergleich zu den meisten seiner Mitstreiter machte er einen rüstigen Eindruck. Er ist übrigens mit dem firmeneigenen Privatjet nach Europa gereist. Das Flugzeug steht momentan auf dem Flugplatz Grenchen. Trotzdem, in seinem Alter dürfte das alles kein Zuckerschlecken für ihn gewesen sein. Es spricht für einen möglichen Schwächeanfall auf dem Schiff.«

»Oder Frau Rochat hat die günstige Gelegenheit ergriffen und ein wenig nachgeholfen«, sagte Friis.

»Mit welchem Motiv? Nach übereinstimmenden Angaben sind sich die beiden zuvor nie begegnet. Wilkinson hatte den Kontakt initiiert.«

Friis tippte mit dem Finger auf die Personalblätter vor ihr auf dem Tisch.

»Was ist mit den anderen drei Mitgliedern der Gruppe?«

»Die Angaben zu denen findest du ebenfalls in der Akte. Da hätten wir Scarlett Wilkinson Hawkins, verwitwet und Martins Schwester. Seit dem Tod ihres Mannes stellt sie ihren Mädchennamen dem ihres Gatten voran.

Mit Jahrgang 1946 ist sie wesentlich jünger als ihr Bruder. Die Mutter soll Fan der Filmfigur Scarlett O'Hara in *Vom Winde verweht* gewesen sein, daher der Vorname. Genau genommen ist Scarlett Martins Halbschwester und Tochter der zweiten Frau seines Vaters.«

Friis betrachtete das Bild der knapp Achtzigjährigen, deren Gene offensichtlich demselben robusten Pool entstammten wie diejenigen ihres Bruders. Das breite Lächeln und die hochgesteckten grauen Haare erinnerten Friis weniger an die Scarlett-Darstellerin Vivien Leigh als an Katharine Hepburn, deren Verkörperung aufsässiger und unabhängiger Frauencharaktere sie als Teenager bewundert hatte.

»Zur Gruppe gehören auch Martins Sohn Bartholomew ›Bart‹ Wilkinson und seine Frau Donna«, fuhr Lüthi fort. »Bart ist Verwaltungsratspräsident des Wilkinson-Konzerns. Er und seine Frau haben die Reise nach Europa organisiert.«

»Wer von denen stand im Vorfeld mit Marielle Rochat in Kontakt, Donna?«

»Das war Scarlett. In Martins Auftrag ließ sie Marielle Rochat über den Familienanwalt ausfindig machen. Scarlett kennt unsere Region gut. In jungen Jahren lebte sie ein paar Jahre in Biel. Dort lernte sie gleichzeitig Deutsch und Französisch. Beides spricht sie übrigens fließend.«

»War Marielle Rochat das einzige Motiv für den Abstecher nach Solothurn?«

»Sicher einer der Hauptgründe. Scarlett wollte bei dieser Gelegenheit ihrer Familie auch die Region zeigen, wo sie einst glücklich war.«

»Daraus wird wohl nichts mehr.«

»Sieht ganz danach aus. Die Familie möchte die Formalitäten rasch hinter sich bringen und mit dem Leichnam in die Staaten zurückkehren. Wilkinson soll auf dem Militärfriedhof in Arlington, Virginia, bestattet werden.«

War das der wirkliche Grund: Interesse an einer raschen Aufklärung der Todesumstände oder deren Verhinderung? Friis klappte die Akte zu.

»Ich brauche dringend den Bericht der Rechtsmedizin. Dann muss ich wissen, weshalb sich die Familie Wilkinson wirklich für Marielle Rochat interessiert.«

»Maja kümmert sich darum«, sagte Lüthi. »Es würde ihr helfen zu wissen, worauf sie achten soll.«

»Alles, was von Interesse sein könnte. In welchem Verhältnis standen Martin Wilkinson und Marielle Rochats Großmutter? Weshalb meldete sich Wilkinson erst jetzt bei der Enkelin? Dabei sollen sich alle bitte an die üblichen Regeln halten. Ich will keinen diplomatischen Zwischenfall provozieren.«

»Wir passen auf.«

Es klopfte. Maja Hartmann stand im Türrahmen. Sie legte einen Plastikbeutel auf den Tisch, der einen länglichen Gegenstand enthielt.

»Hat die Spurensicherung auf dem Schiff gefunden, lag in einer Nische bei der Reling, ziemlich genau an der Stelle, wo Martin Wilkinson über Bord ging.«

Friis nahm den Beutel in die Hand. »Eine Injektionsspritze, aufgezogen? Könnte die Wilkinson gehört haben, ein Medikament, das er sich spritzen musste?«

Hartmann winkte ab. »Ich habe mit seiner Schwester

gesprochen. Wilkinson nahm Tabletten oder Flüssigmedikation oral ein. Er benötigte keine Injektionen.«

»Von wem stammt die Spritze dann?«

»Da gibt's nur noch eine Möglichkeit.«

»Marielle Rochat?«

»Ich wüsste nicht, von wem sonst.«

»Könnte das Ding nicht länger dort gelegen haben?«, fragte Friis. »Ein Passagier könnte sie auf einer vorangegangenen Fahrt der Stadt Solothurn verloren haben.«

»Habe ich geklärt«, erwiderte Hartmann. »Sowohl der Kapitän als auch der Chef de Service versicherten mir, dass das Schiff täglich gründlich gereinigt wird. Eine liegen gelassene Spritze wäre bestimmt aufgefallen.«

Friis hielt die Spritze mit der klaren Flüssigkeit ins Licht. »Was enthält sie?«

»Eine Probe ist im Labor. Wir sollen uns etwas gedulden.«

»Wie lange dauert es, eine Flüssigkeit zu analysieren?«

»Ist nicht gerade eine Sache von fünf Minuten«, antwortete Lüthi.

»Zwischenzeitlich gibt's noch etwas anderes, woran wir kauen können.« Hartmann legte Friis ein Papier vor. »Ein Fingerabdruck auf dem Spritzenzylinder. Das System hat angeschlagen.«

Friis überflog das Blatt und legte es zur Seite.

»Ihr müsst dringend mit Frau Rochat sprechen.«

* * *

Marielle hämmerte mit den Fäusten gegen die Wohnungstür. Damian war hier, dessen war sie sich sicher, in der Wohnung seiner früheren Ex und ihrer Vorgängerin. Wo sonst hätte er hinsollen, nachdem Marielle ihn aus ihrer gemeinsamen Wohnung geschmissen hatte? Diese lief zwar auf seinen Namen, doch die Miete der letzten sechs Monate hatte Marielle bestritten.

Die andere, sie hieß Astrid und war eine ehemalige gute Freundin von Marielle, hatte die hübsche Eigentumswohnung in Évilard / Leubringen von ihren Eltern geerbt, als sie noch mit Damian zusammen gewesen war.

Das Apartmenthaus lag am Jurasüdhang, mit einem Weitblick über die Stadt Biel bis zum See. Kaum war die Erbschaft geregelt, wollte Damian Astrid dazu bringen, die Wohnung zu verkaufen. Sie hätte einen hohen sechsstelligen Erlös eingebracht, genug für Damian, um ihn in seinen Lieblingscasinos zu verzocken. Astrid war ihm auf die Schliche gekommen und hatte ihm den Laufpass gegeben. Nachdem er mit Marielle zusammengekommen war, hatte sich Astrids Freundschaft mit ihr unter den Gefrierpunkt abgekühlt. Vielleicht war das der Grund, weshalb sie Marielle nicht vor Damians Spielsucht gewarnt hatte. Astrid arbeitete für eine Modelagentur, für die sie die nächsten sechs Monate in Südafrika verbrachte. Weshalb sie ihre Wohnung während dieser Zeit ausgerechnet Damian überlassen konnte, überstieg Marielles Verständnis. Anscheinend hatte sie ihm seine Sünden von damals verziehen.

Damians Spielschulden waren Marielle im Grunde genommen egal. Von ihr aus hätten seine Gläubiger ihm dafür die Eier abschneiden können. Bis vor ein paar Tagen, als ihr klar geworden war, dass Damian mit seiner Zügellosigkeit nicht nur sich selbst, sondern auch sie und Silvain in Bedrängnis gebracht hatte. Seinetwegen war sie gezwungen zu handeln, Dinge zu tun, die sie nie gewollt hatte.

Und jetzt, wo alles bereit war und sie Vorkehrungen treffen konnte, das Schlimmste zu verhindern, war Damian verschwunden.

Für Marielle wurde es eng. Es war eine Frage der Zeit, bis diese Friis sie in die Mangel nehmen würde.

Und wenn Damians Gläubiger nicht bald zu ihrem Geld kamen, würden sie sich an sie halten oder noch schlimmer: an Silvain. Seine Lehrerin hatte sie gestern angerufen. Nach Schulschluss war ihr ein Auto mit zwei Männern aufgefallen, welche die Kinder beim Verlassen der Schule beobachtet hatten. Die Lehrerin hatte alle Eltern über den Vorfall informiert und sie gebeten, ein Auge auf ihre Sprösslinge zu haben. Es musste nicht zwingend mit Damians Problemen zusammenhängen. Marielle hatte trotzdem Vorkehrungen getroffen.

Sie wählte noch mal Damians Nummer. Während es am anderen Ende klingelte, lauschte sie an der Tür. Nichts. Damians penetranter Klingelton war eigentlich nicht zu überhören. Marielle legte auf, als sich der Combox-Dienst einschaltete.

* * *

Marielle Rochat war nicht zu Hause. Die Nachbarin öffnete ihnen die Tür mit dem Zweitschlüssel, nachdem Maja Hartmann ihr den Beschluss gezeigt hatte, der sie befugte, die Wohnung in Anwesenheit eines offiziellen

Zeugen zu durchsuchen. In ihrem Fall war es eine Angestellte der Amtschreiberei.

Sie nahmen sich je ein Zimmer vor.

»Kommst du mal, Mike?«, rief Hartmann, wenige Minuten später. Sie hatte im Kinderzimmer begonnen. Das Bett war gemacht, die Bettwäsche mit den Konterfeis der Helden des Marvel-Universums frisch. Lüthi erkannte nur zwei von ihnen, Wonder Woman und Captain America. Daneben, vor dem Fenster, stand ein hölzernes Schulpult, das die Bezeichnung antik verdiente. Es verfügte über eine Vorrichtung für ein Tintenfässchen. In einer Ecke neben dem Kleiderschrank lagen verschiedene Spielzeuge herum, darunter eine aus der Zeit gefallene hölzerne Murmelbahn. Als Junge hatte Lüthi Glasmurmeln über den Zickzack-Parcours desselben Modells rollen lassen. An den Wänden hingen Poster von Sportstars, Roger Federer mit Autogramm, das Konterfei von Marco Odermatt mit Sponsorenmütze und der gläsernen Kugel des Ski-Weltcups in der linken Hand.

Auf der Arbeitsfläche des Pultes lagen Schulbücher und Arbeitsblätter. Den Ehrenplatz auf dem Fenstersims nahm ein mehrfach signierter Fußball unter einer Glashaube ein. Er würde den Rasen nie sehen, für den er bestimmt gewesen war. Lüthi konnte ein paar Namen von Spielern der Schweizer Nationalmannschaft entziffern. Hartmann zeigte ihm ein gerahmtes Foto, Marielle Rochat mit einem sieben- oder achtjährigen Jungen.

»Wussten wir, dass Frau Rochat einen Sohn hat?«, fragte sie.

»Weder Katrin noch die Wirz haben etwas erwähnt.«

»Ihre Nachbarin sagte, sie sei vorhin allein mit ihrem Auto weggefahren. Wo ist das Kind? Der Einrichtung des Zimmers und der Größe des Bettes nach zu schließen, kann er nicht älter als zehn Jahre alt sein.«

»Dann müsste er in der Schule sein, oder nicht?«

»Ohne das da?« Hartmann zeigte auf den Schulrucksack unter dem Pult. »Die Sommerferien fangen erst übernächste Woche an.«

»Vielleicht ist er auf der Klassenreise. Die finden normalerweise kurz vor Ende des Schuljahres statt.«

Hartmann ging die Papiere auf dem Pult durch. »Da steht ein Name.« Sie hielt ein Arbeitsblatt in die Höhe. »Silvain Rochat.« Sie griff zu ihrem Handy.

»Wen rufst du an?«

»Die Schule. Ich denke, der Junge besucht die hier im Dorf.«

Während Hartmann versuchte, Silvains Klassenlehrerin zu erreichen, ging Lüthi das Schlafzimmer der Mutter durch. Nur eine Hälfte des Doppelbetts war benutzt. Auf der anderen Seite war lediglich die nackte Matratze zu sehen. Marielle Rochat schlief allein. Das imposanteste Möbelstück, ein geräumiger Kleiderschrank mit Ganzkörperspiegel, war auch nur zur Hälfte gefüllt, ausschließlich mit Frauenkleidern. Rochat lebte vermutlich erst seit Kurzem allein. Sie hatte das freie Territorium noch nicht in Besitz genommen.

Das Nachttischchen auf der unbenutzten Seite war leer geräumt und gereinigt. In der Schublade des Gegenstücks fanden sich neben einem Töpfchen Erkältungssalbe zum Einreiben, eine Packung Schlaftabletten, ein Paar Wollsocken und zwei Reisepässe. Auf der Ablage stand ein stehen gebliebener altertümlicher Wecker neben einem Stapel Taschenbücher, zwei Liebesromanen, drei Krimis und einer Bibel in zeitgenössischer Übersetzung. Lüthi fächerte alle durch. Außer einer Kaufquittung aus einem der Krimis und einem Heiligenbildchen aus der Bibel förderte er nichts zutage. Er tütete die Erkältungssalbe und die Packung Schlaftabletten ein.

Hartmann kam herein.

»Ich habe mit der Klassenlehrerin gesprochen. Die Schulreisen haben letzte Woche stattgefunden. Marielle Rochat hat ihren Sohn heute Morgen krankgemeldet.«

»Müsste er dann nicht hier sein, mit der Mutter?«

»Könnte sie sich mit dem Kind aus dem Staub gemacht haben?«

»Wenn ja, dann ungeplant. Die Reisepässe der beiden liegen im Nachttischchen. Außerdem macht die Wohnung nicht den Eindruck, als hätte Frau Rochat vorgehabt, zu verreisen.«

Hartmann griff zum Handy. »Ich lasse nach ihr und dem Jungen fahnden.«

»Neunjährig«, sagte Lüthi. »Silvain hat Jahrgang 2015.«

Von der Eingangstür kam ein kratzendes Geräusch. Jemand, der glaubte, es sei abgeschlossen, machte sich am Schloss zu schaffen. Lüthi bedeutete der Amtszeugin, sich hinter sie zu stellen. Er und Hartmann legten die Hand auf ihre geholsterten Waffen.

Die Tür wurde geöffnet.

»Wer sind Sie, und was suchen Sie in meiner Wohnung?«, fragte Marielle Rochat verdattert.

* * *

Erleichtert durchquerte Friis den Barockgarten des Ambassadorenhofes. Das hufeisenförmig angelegte Schloss, wo einst die Gesandten der französischen Bourbonenkönige ihren damals nicht geringen politischen Einfluss auf die Alte Eidgenossenschaft ausübten, residierte heute das kantonale Departement des Innern, dessen Chefin Friis' oberste Dienstherrin war. Das Gespräch war recht gut verlaufen. Friis hatte das Vertrauen sowohl der Regierungsrätin als auch des Polizeikommandanten gespürt, den Druck ebenfalls. Sie musste bald Resultate liefern, wenn sie vermeiden wollte, dass die Bundespolizei oder sogar das FBI ihr den Fall abnahmen.

Wilkinsons Familie logierte im drei Minuten Gehdistanz entfernten Hotel La Couronne. Ihre Hoffnung, alle drei sprechen zu können, löste sich bei ihrem Eintreffen in Luft auf. Entgegen ihrer Anweisung, Solothurn nicht zu verlassen, war Bart Wilkinson bereits unterwegs zur Schweizer Konzernnliederlassung von Wilkinson Industries in Zürich. Er hatte eine Videokonferenz mit Mitgliedern des Verwaltungsrates anberaumt. Angeblich mussten Vorkehrungen getroffen werden, damit die Kunde vom Ableben des Mehrheitsaktionärs koordiniert an Belegschaft und Öffentlichkeit weitergegeben wurde. Wohl eher ging es darum, eine überempfindliche Reaktion von Wall Street zu vermeiden. Obschon Martin Wilkinson keine aktive Funktion im Konzern mehr hatte, war er dessen Leuchtturm geblieben.

Barts Frau Donna unterzog sich angeblich einer mehrstündigen Behandlung im Spa des H4-Hotels am

Kreuzackerquai. Seit Friis in Solothurn wohnte und arbeitete, hatte sie sich so was noch nie gegönnt. Schock- und Trauerbewältigung à l'Américaine, ab einer für sie unerreichbaren Vermögensstufe.

Einzig Scarlett war anwesend. Friis traf sie vor einer Tasse Kaffee auf der Hotelterrasse an, wo sich das Kommen und Gehen in der Solothurner Altstadt beobachten ließ. Im Speisesaal war das Personal damit beschäftigt, für das Mittagessen aufzudecken.

Friis lehnte den angebotenen Kaffee ab. Stattdessen begnügte sie sich mit einem Glas stillem Mineralwasser.

»Danke, dass Sie mich empfangen, Frau Wilkinson Hawkins. Noch mal mein herzliches Beileid.«

»Mrs. Wilkinson reicht völlig oder Scarlett, wenn Sie wollen. Auch wenn ich meinen verstorbenen Gatten geliebt habe, seinen Namen fand ich immer ein wenig anrüchig. Ist Ihnen nie aufgefallen, dass viele Bösewichte in amerikanischen Western Hawkins heißen?«

Friis hob lachend beide Hände. »Wenn Sie es sagen. Bei Western kenne ich mich nicht aus. Ich sehe mir zwischendurch gern Krimis an, jedoch eher europäische Produktionen.«

Bis Friis ihr Getränk bekam, beobachteten sie das Treiben auf dem Kronenplatz. Die im Sonnenlicht weiß leuchtende Kalksteinfassade der St. Ursenkathedrale erhob sich wie eine Matrone über der Altstadt. Gruppen von Touristen fotografierten sie aus allen möglichen Winkeln oder lichteten sich gegenseitig auf der Treppe davor ab. Vom Baseltor her fuhr eine weiße Stretch-Limousine vor und entließ ein Paar, eine dunkelhäutige Frau in Weiß und einen Mann im cremefarbenen

Smoking, der aussah wie der Held in einer Bollywood-Produktion. Ein Beleuchter und ein Fotograf stiegen mit aus. Als Letzte erschien die Make-up-Artistin, die sich auf der Stelle an der Frisur der Braut zu schaffen machte. Sofort richteten sich alle Objektive der Handys und Fotoapparate auf die kleine Gruppe.

»Die Stadt, vor allem die Kathedrale, ist zu einer beliebten Kulisse für romantische Hochzeiten geworden«, bemerkte Friis.

»Kann ich verstehen«, sagte Scarlett. »Wenn ich es nicht besser wüsste, könnte ich glauben, mitten in einer Filmkulisse Hollywoods oder in einem der kitschigen Dekors von Disneyland zu stehen. Jedoch im Gegensatz zu Anaheim oder Orlando ist hier alles authentisch. Diese Leute dürften ebenfalls meiner Meinung sein.« Sie zeigte lächelnd auf die Menschentraube, die sich vor der Treppe gebildet hatte.

»Die Stadt diente tatsächlich mal als Kulisse für einen Hollywoodfilm«, sagte Friis.

»Wirklich?«

»Für einen Spionagefilm, der in der Epoche kurz nach dem Zweiten Weltkrieg spielte. Er handelte von einer Verschwörung gegen General Patton.«

»George Patton? Mein Bruder begegnete ihm 1945 kurz nach der Kapitulation Deutschlands. Ein paar Monate später, im Dezember, ist Patton bei einem Autounfall umgekommen. Stellen Sie sich vor: knallt in Heidelberg einfach gegen einen Lastwagen der Army. Darüber wurde tatsächlich ein Film gemacht?«

»Habe ich mir sagen lassen. Ich habe ihn nie ganz gesehen. Darin soll es eine Szene mit einer Schießerei in der

Kathedrale geben. Auch hier im Hotel wurde gedreht, unter anderem mit Sophia Loren und ihrem Filmpartner John Cassavetes.«

»Sophia war hier?«, fragte Scarlett. »Ich bin ihr bei einem dieser Filmfestspiele in Venedig begegnet, das war 1979, glaube ich. Sophia hat ein paar Jährchen mehr auf dem Buckel als ich, eine inspirierende Frau. Sie erzählte mir, sie sei kurz zuvor für Dreharbeiten in der Schweiz gewesen. Merkwürdig, wie sich Dinge fügen, von denen man denkt, sie gehörten nicht zusammen.« Friis zuckte leicht zusammen, als sie Scarletts Hand auf ihrem Arm spürte. »Ich denke nicht, dass sie hergekommen sind, um mit mir über alte Filme zu sprechen, Major, nicht wahr?«

Friis zog sanft ihren Arm zurück. »In der Tat.«

»Dann lassen Sie uns beginnen.« Scarlett stand auf. »Macht es Ihnen etwas aus, wenn wir uns dabei die Füße vertreten? So kann ich mir ein wenig die Stadt ansehen.«

* * *

Marielle Rochat und Maja Hartmann saßen sich in einem Besprechungszimmer des Polizeikommandos gegenüber. Lüthi stellte einen Pappbecher mit Wasser vor Rochat hin, schaltete das Aufnahmegerät ein und setzte sich neben seine Kollegin.

»Wo hält sich Ihr Sohn auf, Frau Rochat?«, fragte er.

»Mein Sohn?«

Rochat griff mit beiden Händen nach dem Becher.

»Warum wollen Sie wissen, wo Silvain ist?«

»Wir haben uns bei seiner Schule erkundigt. Dort sagte man uns, er sei seit heute Morgen krankgeschrieben.«

»Ja, und?«

»Wir wundern uns«, sagte Hartmann. »Wenn er krank ist, sollte er zu Hause sein.«

»Ja, ich …« Rochat räusperte sich. »Ich habe ihn zu meiner Mutter gebracht, weil ich am Nachmittag für eine Kollegin einspringen muss. Ich bin Primarlehrerin und arbeite Teilzeit am Hermesbühlschulhaus. Aber weshalb haben Sie meine Wohnung durchsucht? Weil Sie wissen wollten, wo mein Sohn ist? Dafür hätten Sie mich anrufen können, meine Nummer haben Sie ja.«

»Wir müssen den gestrigen Vorfall auf dem Schiff noch mal mit Ihnen durchgehen«, sagte Lüthi.

»Martins Unfall? Ich habe Frau Friis und der Staatsanwältin schon alles erzählt. Ich wüsste nicht, was …«

Der Klingelton ihres Handys brachte Rochat ins Stocken. Das Gerät lag mit Display nach unten vor ihr auf dem Tisch. Sie sah Lüthi unsicher an. »Entschuldigen Sie, ich habe vergessen, es auszuschalten.« Sie drehte das Handy um und blickte darauf, bevor sie es schnell abschaltete und hinlegte. »Eine Nachricht von meiner Mutter. Ich rufe sie nachher zurück.«

»Wenn es um Ihren Sohn geht, machen wir kurz Pause, damit Sie zurückrufen können«, sagte Lüthi.

»Danke, nicht nötig. Ich möchte das hier hinter mich bringen«, sagte Rochat.

»In Ordnung.« Lüthi öffnete die Akte, die er vor sich liegen hatte. Sie enthielt den Plastikbeutel mit der Spritze und ein Dokument. Er hielt den Beutel in die Höhe.

»Das wurde auf dem Schiff sichergestellt. Erkennen Sie es?«

Rochat beugte sich vor.

»Eine Spritze? Was soll ich damit zu tun haben?«

»Das möchten wir von Ihnen wissen«, sagte Lüthi. »Sie lag auf dem Außendeck an der Stelle, wo Sie gestanden haben, bevor Herr Wilkinson über Bord ging. Gehört sie Ihnen?«

»Wozu sollte ich eine Spritze mit mir herumtragen?« Rochat betrachtete den Beutel eingehender. »Sie ist aufgezogen. Das heißt, sie wurde nicht benutzt. Was enthält sie?«

»Der Inhalt wird gerade analysiert. Wir hatten gehofft, dass Sie uns das sagen können. Wollten Sie den Inhalt Herrn Wilkinson injizieren?«, fragte Hartmann.

Rochat gab Lüthi den Beutel zurück. »Warum sollte ich das tun?«

Lüthi legte ein Blatt Papier auf den Tisch. »Wir haben an der Spritze einen Fingerabdruck sichergestellt. Er konnte Ihnen zugeordnet werden.«

»Mir?« Rochats helle Gesichtsfarbe erblasste noch mehr. Ihre kontrollierte Mimik geriet kurz aus den Fugen. »Woher wollen Sie überhaupt wissen, dass der Abdruck von mir stammen soll?«

»Sie sind in unserer Datenbank. Vor knapp zehn Jahren wurden Sie wegen Drogenbesitzes festgenommen und verurteilt.«

»Wegen einer geringen Menge, Eigenbedarf. Ich habe mir das Gras besorgt, um vom Prüfungsstress runterzukommen.«

»Dreißig Gramm sind etwas viel für den Eigenbedarf. Die maximale Grenze beträgt zehn.« Lüthi tippte auf die Tüte. »Bleiben Sie dabei, diese Spritze nie in Händen gehabt zu haben, Frau Rochat?«

Sie öffnete den Mund, stockte und schloss ihn wieder mit gesenktem Blick.

»Frau Rochat«, sagte Hartmann. »Es wäre besser für Sie, uns zu sagen, was es damit auf sich hat. Wie Sie selbst bemerkten, wurde die Spritze nicht benutzt. Die Laboranalysen der Autopsie treffen jeden Moment ein. Dann wissen wir, ob und wenn ja, welche Substanzen Herrn Wilkinson verabreicht wurden.«

Rochats Blick blieb an die Tischkante geheftet.

»Bitte, Frau Rochat.«

Sie hob den Kopf.

»Na schön, hat ja keinen Zweck.«

* * *

»Martin Wilkinson hat ihr die Spritze selbst gegeben? Wann?« Friis sah zu Scarlett hinüber, die ein paar Meter weiter am Kreuzackerquai stand und die Skyline der Solothurner Altstadt betrachtete.

»Am Vorabend des Ausflugs«, sagte Lüthi am anderen Ende der Leitung. »Frau Rochat gibt an, nicht gewusst zu haben, was sie enthält.«

Friis drehte Scarlett den Rücken zu. »Hat sie erklärt, wozu der alte Mann ihr die Spritze gegeben haben soll?«

»Noch nicht.«

»Was heißt noch nicht?«

»Rochat behauptet, es nicht zu wissen. Maja bearbeitet sie gerade. Deshalb bin ich rausgegangen. Von Frau zu Frau ist es vielleicht einfacher, etwas aus ihr herauszubekommen.«

»Eigenartig«, murmelte Friis, in Gedanken versunken.

Wozu sollte Wilkinson Marielle Rochat eine Spritze in die Hand drücken? So etwas tut man nicht einfach so.

»Katrin, bist du noch dran?«

»Ja, wie denkst du über die Sache?«

»Die gute Frau hält uns zum Narren. Was tun wir, wenn Maja nichts bei ihr ausrichten kann? Sie festnehmen?«

»Ist der Autopsiebericht da?«

»Vor ein paar Minuten eingetroffen.«

»Und?«

»Todesursache ist eine Herzrhythmusstörung. Aus den Befragungen geht hervor, dass ihm übel wurde, kurz bevor er die Außenterrasse betrat. Wahrscheinlich wollte er frische Luft schnappen. Dort muss es zum Kammerflimmern gekommen sein. Ist alles spekulativ.«

»Wurden Einstiche gefunden? Von einer Spritze zum Beispiel?«

»Negativ.«

»Dann stimmt Rochats Aussage nach wie vor.«

»Der Bericht bestätigt, dass die Lungen kein Wasser enthalten.«

»Weil er tot war, als er auf dem Wasser aufschlug oder unmittelbar danach starb.« Ein kleiner Trost für Friis. Sie hatte bei der Bergung nichts falsch gemacht.

»Da ist noch etwas«, sagte Lüthi. »Die Laboranalyse weist Digitoxin in Wilkinsons Körper aus.«

»Warum nicht? Wilkinson nahm Herzmedikamente ein, vermutlich Digitalispräparate.«

»Der Bericht bestätigt das. Digitoxin wird über die Niere abgebaut. Die Konzentration soll beträchtlich sein.«

»Überdosis?«

»Möglich.«

Friis führte sich die Reisegruppe auf dem Schiff vor Augen. Martin Wilkinson schien guter Dinge gewesen zu sein. Am Tisch hatte er sich herzlich mit Marielle Rochat unterhalten.

»Könnte er in der Lage gewesen sein, sich selbst eine Überdosis Digitalis zu verabreichen?«

»Er hat sich selbst umgebracht, meinst du?«

»Wir können die Möglichkeit nicht außer Acht lassen, selbst wenn man sich fragen muss, weshalb er das ausgerechnet jetzt tun sollte, hier, auf einem Schiff und in aller Öffentlichkeit.«

»Die Amis lieben eben das Drama und große Auftritte.«

»Wäre Wilkinson eine Hollywooddiva, würde ich dir sogar zustimmen. Als einer der bedeutendsten amerikanischen Industriellen dürfte er das nicht nötig gehabt haben. Im Netz habe ich einen Artikel über ihn gefunden. In den letzten Jahren hatte er sich weitgehend aus dem öffentlichen Leben zurückgezogen und an keinen sozialen Veranstaltungen mehr teilgenommen. Weshalb sollte er fern der Heimat mit einem solchen Knall abtreten?«

»Du sagst es selbst: Wir dürfen die Möglichkeit nicht außer Acht lassen.«

Touché. Friis seufzte innerlich.

»Wie sieht es mit dem Labor aus? Wann liegen die Analysen der sichergestellten Getränke und Lebensmittel der Tischrunde vor. Und was ist mit der Untersuchung der Spritze?«

»Sie sind dran. Maja hat angerufen und Dampf gemacht.«

»Sie soll mehr Dampf machen. Du weißt, wer uns alles auf die Finger schaut. Ich will den Fall nicht abgeben müssen.«

»Wir tun, was wir können, Katrin. Was geschieht mit Marielle Rochat? Festnehmen oder nicht?«

»Solange die Resultate der Analysen nicht offiziell vorliegen, werden weder Wirz noch das Zwangsmaßnahmengericht einem Haftbefehl zustimmen.«

»Heißt, wir lassen sie gehen?«

»Sie hat einen Sohn und stellt kein Fluchtrisiko dar. Ja, lasst sie laufen. Aber haltet ein Auge auf sie.«

Friis stellte sich neben Scarlett, die immer noch in den Anblick der Altstadt vertieft war.

»Entschuldigen Sie die Unterbrechung.«

»Keine Ursache, Sie arbeiten, ich bin im Urlaub.« Scarlett zeigte auf die Häuser auf der anderen Seite der Aare. »Onkel Darryl hätte diese Kulisse geliebt.«

»Onkel Darryl?«

»Ich meine Darryl F. Zanuck. Er war einer der größten Filmproduzenten Hollywoods.«

»War er nicht an der Produktion von *Der längste Tag* beteiligt, das Werk über die Invasion in der Normandie? Er war Ihr Onkel?«

Scarlett winkte mit einem Lächeln ab. »Nicht mein richtiger Onkel, ein sehr guter Freund der Familie. Mein Bruder liebte Hollywood mit seinen Heldinnen und Helden. Als ich Teenager war, ging Darryl bei uns ein und aus, meistens wenn er Geld für eine seiner Produktionen brauchte. Unser Vater und später Martin verweigerte es ihm selten.«

»Wollen wir ein Stück gehen?«, fragte Friis.

»Natürlich.«

Sie gingen am Kreuzackerquai entlang Richtung Vorstadt.

»Sind sich Marielle Rochat und Ihr Bruder vorgestern wirklich zum ersten Mal persönlich begegnet?«

Scarlett blieb stehen und sah Friis mit gerunzelter Stirn an. »Das haben wir Ihren Kollegen doch ausführlich erklärt. Wie und wo sollten sich die beiden vorher begegnet sein? Ich habe mit Marielle das erste Mal gesprochen, nachdem unser Familienanwalt ein paar Wochen vor unserer Abreise Kontakt mit ihr aufgenommen hatte. Und Martin hätte mir nicht verschwiegen, wenn es anders gewesen wäre. Ich verstehe nicht, weshalb Sie auf dieser Frage beharren?«

»Ich will mir ein vollständiges Bild der Umstände machen, unter denen Ihr Bruder den Tod gefunden hat, Mrs. Wilkinson. Dazu gehören die Beziehungen, die er hatte.«

Sie blieben vor dem noch geschlossenen Pavillon der Hafenbar im Baumschatten des Kreuzackerparks stehen.

»Umstände, Beziehungen? Das klingt merkwürdig, Major Friis. Mein Bruder ist an einem Herzanfall gestorben, er …« Sie hielt inne. »Glauben Sie etwa, er hat sich selbst …«

»Zu diesem Zeitpunkt können wir nichts ausschließen, auch nicht, dass Ihr Bruder freiwillig aus dem Leben geschieden ist. Tut mir leid, Mrs. Wilkinson.«

»Keine Entschuldigung notwendig. Beruhigend zu

wissen, dass die Schweizer Polizei gründlich arbeitet. Ende September hätte Martin seinen hundertsten Geburtstag gefeiert.« Scarlett räusperte sich. »Abgesehen von ein paar altersbedingten Wehwehchen war er kerngesund. Wenn ich dereinst im gleichen Alter so beisammen bin, werde ich mich überglücklich schätzen. Martin freute sich auf seinen Hundertsten. Wenn er sich aus einem verrückten Grund hätte umbringen wollen, hätte er damit bis nach dem großen Tag gewartet.«

Scarlett wollte weitergehen. Nachdem sie einen Schritt getan hatte, drehte sie sich nach Friis um.

»Denken Sie etwa, dass jemand nachgeholfen hat?«

»Mord?«, fragte Friis. »Wie kommen Sie darauf?«

Ein maliziöses Lächeln huschte über Scarletts Lippen. »Na, na, Major Friis, Sie haben mir den Floh ins Ohr gesetzt. Aber dass jemand Martin ermorden könnte, ist schlicht abwegig.«

Dennoch wurde bei ihm eine Überdosis Digitoxin gefunden. Eine Tatsache, die Friis zu diesem Zeitpunkt nicht preisgeben wollte.

»Als Großindustrieller und Geschäftsmann hatte sich Ihr Bruder bestimmt nicht nur Freunde gemacht. Fällt Ihnen jemand ein, dem zuzutrauen wäre, zu drastischen Mitteln zu greifen? Sei es, um sich für etwas zu rächen oder Profit daraus zu schlagen?«

Die Frage entlockte Scarlett ein trockenes Lachen. »Ich bitte Sie, Major Friis, Martin war einer der bedeutendsten Industriellen unseres Landes. Glauben Sie, das wird man, ohne irgendwelchen wichtigen Leuten irgendwann an den Karren zu fahren? Wir …« Scarlett hielt einen Moment inne und dachte nach. »Wissen Sie, Major. In den Vereinigten Staaten ist das Recht auf Gewalt und deren Ausübung in der Verfassung festgeschrieben. In einigen Bundesstaaten dürfte ich Sie ohne Weiteres erschießen, wenn Sie unbefugt meinen Grund und Boden betreten. Abgesehen von Lateinamerika, weist mein Land die höchste Tötungsrate der westlichen Welt auf. Das heißt aber noch lange nicht, dass bei uns alles automatisch auf Mord und Totschlag hinausläuft.«

Eine komplexe Antwort auf eine einfache Frage. Friis fragte sich, ob dahinter mehr steckte, als sie wissen wollte.

»Erzählen Sie mir doch bitte, was hinter der Beziehung Ihres Bruders mit Jacqueline Rochat, Marielles Großmutter, steckt.«

* * *

»Nächster Halt, Grenchen Süd.«

Die Durchsage holte Marielle aus ihren Gedanken. Sie saß in einem Viererabteil. Von Zeit zu Zeit schielte sie auf ihr Gegenüber, einen Teenager, dessen Miene und der aufgesetzte pinke Kopfhörer anzeigten, dass er mit seinem Umfeld nichts zu tun haben wollte. Marielle war es recht.

Bereits zum x-ten Mal las sie die Nachricht, die reingekommen war, während die beiden Polizisten sie in die Mangel genommen hatten. Sie hatte viel Zeit verplempert. Doch hätte sie sich nicht kooperativ gezeigt, würde sie wahrscheinlich immer noch dort sitzen und wäre jetzt schon viel zu spät dran. Sie musste in Grenchen aussteigen und den nächsten Bus nehmen. Die Anweisung, die Polizei rauszuhalten, wurde in der SMS dreimal wiederholt. Hielt der Absender sie für blöd? Sie hatte es beim ersten Mal begriffen, keine Polizei, keine Hauptstraßen, und sie hatte sich an die vorgegebene Route zu halten.

Der Zug verlangsamte die Fahrt. Marielle stand auf und schulterte den Rucksack, den sie eilig gepackt hatte. Bevor sie den Durchgang betrat, ließ sie ihren Blick über den Waggon schweifen. Unter den Aussteigenden fiel ihr niemand auf, der sie länger als allgemein üblich beachtete. Der Teenager war sitzen geblieben und nahm weiterhin keine Notiz von ihr.

In der Bahnhofunterführung entfernte sie den Akku aus dem Telefon und knickte die SIM-Karte. Der Bus zu ihrem nächsten Ziel fuhr in einer knappen halben Stunde. Sie wollte keinesfalls vor dem Bahnhof herumstehen und riskieren, zufälligerweise erkannt zu werden. Nach ein paar Schritten Richtung Stadtzentrum vertraute sie die unbrauchbare SIM-Karte einem Abfallkübel an. Dann überquerte sie die Straße und ging zurück Richtung Kunsthaus. Den Akku entsorgte sie im nächstbesten dafür vorgesehenen Müllbehältnis.

Sie setzte sich in das um diese Zeit spärlich besetzte Café auf der Westseite des Bahnhofes und bestellte einen Cappuccino, bevor sie die Toilette aufsuchte. Das Telefon landete im Eimer neben dem Waschbecken, nachdem sie sich die Hände gewaschen hatte.

Die öffentliche Buslinie zwischen Grenchen und dem Weiler Staad wurde mit einem Kleinbus bedient. Die Fahrt musste vorangemeldet werden. Der Absender der SMS hatte das für sie erledigt. Lediglich ein weiterer Passagier saß im Bus, eine ältere Frau mit zwei Einkaufstaschen. Eine Sonnenbrille und das Cap, unter dem Marielle ihren dunkelblonden Schopf verbarg, genügten hoffentlich, nicht erkannt zu werden.

Keine fünf Minuten später stoppte der Bus an der Haltestelle Käserei in Staad. Von dort waren es ein paar Schritte bis zur Kapelle. Sie lag neben einem überschaubaren Rebberg am Aareufer, wo der Grenchner Wein angebaut wurde. Marielle steuerte auf das Ufer zu. Das Boot, ein weißer Cruiser, lag an der beschriebenen Stelle. Den Schlüssel fand sie unter der Fußmatte beim Außenbordmotor. Marielle prüfte den Benzinstand. Der Tank war voll. Das neue Wegwerfhandy fand sie unter dem Polster des Führersitzes. Sie schaltete es ein. Anrufliste und Mailbox waren leer. Die nächste Nachricht sollte sie unterwegs erhalten.

Sie machte die Leinen los und startete den Motor. Ein Boot steuern war wie Radfahren, man verlernte es nie. Ihr Vater hatte ihr die Grundzüge gezeigt. Sie sei ein Naturtalent, hatte er ihr gesagt. Mit achtzehn hatte sie Stunden genommen, um sich mit etwas Sinnvollem abzulenken.

Die Fahrt flussaufwärts Richtung Bielersee mit dem Fahrtwind im Gesicht verdrängte ihre Sorgen für eine Weile in den Hintergrund. Sie lehnte sich zurück.

Es würde alles gut werden.

4

Sieben Wochen nach der Landung am 6. Juni 1944 in der Normandie gelang den Alliierten der Ausbruch aus dem Brückenkopf der Halbinsel Cotentin. Unter der Führung des amerikanischen Generals George S. Patton begannen sie, die Deutschen einzukreisen. Mitte August kam es zur Schlacht im Kessel von Falaise-Argentin. Die gebeutelten Wehrmachts- und SS-Verbände wurden entscheidend geschwächt. Der Weg zur Befreiung von Paris war offen.

Die Invasion in der Normandie im Einklang mit der Großoffensive der Roten Armee im Osten, der im August erfolgten Landung der Alliierten in Südfrankreich und dem Vormarsch in Italien waren der Anfang vom Ende Nazi-Deutschlands. Im Pazifik trieben die Amerikaner die Streitkräfte des kaiserlich japanischen Heeres von Atoll zu Atoll zurück dahin, woher es gekommen war. Im Mai 1945 in Europa und im August desselben Jahres in Asien hatte die demokratische Welt das Monstrum des Faschismus zum Preis von über sechzig Millionen Todesopfern vorerst bezwungen.

Ende Juli 1944 waren Martin Wilkinson und sein bester Freund Joe Lamotta als Rangers dem 39. Infanterieregiment der US-Army zugeteilt. Während eines Erkundungsganges nördlich von Avranches wurden sie in ein Gefecht mit versprengten deutschen Soldaten verwickelt und von ihrer Truppe getrennt.

Kurz vor Einbruch der Dämmerung fanden sie Zuflucht in einem abgelegenen Hof in der Nähe der Ortschaft Martigny-sur-la-Braize. Die siebzehnjährige Jacqueline Rochat und ihre zwei Jahre jüngere Schwester Herminie wohnten dort allein. Der Vater befand sich in deutscher Gefangenschaft, die Mutter war tot. Nach Herminies Geburt war sie im Kindbett gestorben. Bruder Loïc war ein Maquisard. Während die Schwestern den Hof mehr schlecht als recht besorgten, schwächte Loïc die Verteidigungsfähigkeit der Deutschen gegen die vorrückenden Alliierten. Mit seinen Kameraden im Widerstand sabotierte er Nachschubwege, erschoss Wehrmachts- und ss-Offiziere aus dem Hinterhalt oder sprengte sie in ihren Fahrzeugen in die Luft.

Die Schwestern waren gern bereit, den Amerikanern für eine Nacht Unterschlupf und Verpflegung zu bieten. Sie erhofften sich, sei es auch nur für kurze Zeit, Schutz vor marodierenden Deutschen. Diese hatten, von anhaltenden Gefechten mit weit besser ausgerüsteten und in massiver Überzahl auftretenden Invasoren ausgelaugt, jeglichen Respekt und jegliche Zurückhaltung gegenüber der Zivilbevölkerung verloren. Wenige Tage zuvor hatte ein ss-Trupp ein wenige Kilometer entferntes Gehöft auf dem Rückzug niedergebrannt und dessen Bewohner, alte Menschen, Frauen und Kinder massakriert.

Wann der Abend aus dem Ruder lief und die Tragödie ihren Anfang nahm, konnte nie bis in jede Einzelheit geklärt werden. Alkohol dürfte eine Rolle gespielt haben. Dazu kamen wochenlange Entbehrungen und die ständige Todesgefahr fernab der Heimat. Die beiden Frauen hatten sich in ihr Zimmer zurückgezogen. Joe Lamotta schlief auf dem Sofa im Wohnzimmer. Martin Wilkinson hielt währenddessen Wache. Übermüdet und benebelt vom Wein war er eingenickt, bis ein Schrei ihn aus dem Halbschlaf riss. Erst glaubte er, geträumt zu haben. Der Schrei kam nicht von draußen, sondern aus dem Innern des Hauses. Wilkinson sah nach. Er hörte Geräusche im oberen Stockwerk. Sie kamen aus dem Schlafzimmer, das sich die Schwestern teilten. Er lauschte einen Moment auf dem Korridor, hörte aber nichts mehr. Vielleicht hatte eine der Schwestern einen Albtraum gehabt. Herminie war das ängstlichere der beiden Mädchen. Wilkinson kehrte zurück zu seinem Posten. Als er am Wohnzimmer vorbeikam, bemerkte er, dass Lamotta nicht auf dem Sofa lag. Daraufhin erklang ein weiterer Schrei, wieder kam er von oben. Mit dem Gewehr im Anschlag drang Wilkinson ins Zimmer der Schwestern ein. Das Bild, das sich ihm bot, würde sich für immer in sein Gedächtnis einbrennen. Jacqueline Rochat lag auf dem Rücken im Bett, das Nachthemd bis über den Bauchnabel hochgezogen. Auf ihr lag Joe Lamotta mit heruntergelassenen Hosen. Herminie kauerte mit bleichem, tränenüberströmtem Gesicht in einer Ecke.

Wütend riss Wilkinson Lamotta von der Frau los und zerrte ihn aus dem Haus. Dort entbrannte ein heftiger Streit. Wilkinson machte seinem Freund heftigste Vorwürfe, er beschmutze das Ansehen der US-Army. Er wollte ihn anzeigen. Es kam zu einem erbitterten Kampf zwischen den beiden, in dessen Verlauf Wilkinson Lamotta in Notwehr erschoss.

Jacqueline Rochat bestätigte Wilkinsons Aussage gegenüber der amerikanischen Militärjustiz. Lamotta wollte Herminie vergewaltigen. Um es zu verhindern, hatte Jacqueline sich ihm angeboten.

Um die Reputation der Truppe nicht zu beschädigen und für den Erhalt der Moral, wurde verbreitet, dass Joe Lamotta bei einem Gefecht mit versprengten deutschen Soldaten erschossen worden sei.

* * *

»Dafür hat Wilkinson die Ehrenmedaille des amerikanischen Kongresses erhalten?«, fragte Hartmann. Friis hatte ihr und Lüthi geschildert, was Scarlett ihr zuvor erzählt hatte. Während ihre Chefin sprach, überprüfte sie ein paar Fakten im Internet.

»Wohl eher nicht«, sagte Friis. »Die *Congressional Medal of Honor* ist die höchste militärische Auszeichnung der Vereinigten Staaten. Wilkinson erhielt sie nach seinem Einsatz im Koreakrieg. Für seine Heldentaten im Zweiten Weltkrieg wurden ihm die *Silver Star* und die *Purple Heart* verliehen.«

»Wilkinson ist einer der wenigen, die das Teil zu Lebzeiten entgegennehmen durften, seht mal.« Hartmann drehte den Bildschirm ihres Notebooks so, dass die Wikipediaseite für ihre Kollegen einsehbar war.

»Die Amis sind blödsinniger in ihr Militär vernarrt als wir es hierzulande je waren. Praktisch jedes Regiment hat eine eigene Wikiseite.« Sie tippte, bis ein Eintrag über das 39. US-Infanterieregiment erschien. »Steht alles drin: Wann die Einheit gebildet wurde, die Kommandanten von Anfang bis heute, wo sie in welchen Kriegen gekämpft hat, und wem wofür eine Auszeichnung verliehen wurde.« Hartmann scrollte die englischsprachige Seite runter, bis sie die gesuchte Stelle fand. »Hier steht's: *Medal of Honor, Martin R. Wilkinson, Company B, Korea War.* Diese Ehrenmedaille muss eine Art Heiligsprechung sein.« Hartmann drehte den Bildschirm wieder zu sich. »Dabei verdrängt man natürlich gern, wenn amerikanische Soldaten Frauen in einem verbündeten Land vergewaltigen.«

»Vergewaltigungen und Misshandlungen von Frauen und Kindern in besetzten Gebieten werden seit jeher als Kriegswaffe zur Demoralisierung und psychologischen Zerstörung einer Gesellschaft eingesetzt«, sagte Lüthi. »Im Zusammenhang mit dem Jahrestag der Invasion wurden dazu einige Medienbeiträge veröffentlicht. Im Zweiten Weltkrieg schrieb man dieses Vorgehen vor allem den Russen, Deutschen und Japanern zu. Die Alliierten waren aber nicht viel besser. Nach dem Einmarsch in Deutschland und Österreich wurden Zehntausende Frauen von amerikanischen, englischen und französischen Truppen vergewaltigt. Es soll Fälle gegeben haben, in denen die Franzosen Ehefrauen von ss-Offizieren an Bordelle in Paris verkauft haben. Das wurde natürlich nicht an die große Glocke gehängt. Man zeigte lieber mit dem Finger auf die Gräueltaten der Deutschen und Russen.«

»Wir sprechen hier von Vergewaltigungen auf Freundgebiet«, sagte Hartmann. »Den Artikel, den du meinst, habe ich auch gelesen. An den diesjährigen Gedenkfeierlichkeiten in der Normandie haben sich betroffene

Frauen zum ersten Mal geoutet, von Amerikanern im Nachgang der Landung vergewaltigt worden zu sein. Im Oktober 1944 wurden über hundertfünfzig G.I.s deswegen verurteilt. Inzwischen geht man davon aus, dass zwischen 1944 und 1946 Hunderte, wenn nicht Tausende französischer Frauen von alliierten Soldaten sexuell missbraucht wurden.«

»Und selbstverständlich wurden diese Verbrechen nie angezeigt«, sagte Friis.

Die Betroffenheit war Hartmann anzumerken. Bei Gewalt gegen Frauen brach jeweils die dünnhäutige Seite der hartgesottenen Ermittlerin hervor.

»Ja klar, es waren die Vierziger, frauenrechtliche Steinzeit. Damals liefen die Kerle mit ihren großen …« Hartmann machte eine ausladende Geste. »… Keulen herum und glaubten, alles, was einen Rock trug, ungestraft in ihre Höhlen schleifen zu dürfen. Amis und Briten waren die großen, tapferen Helden, die sich zur Belohnung nehmen durften, was, wo und wie sie es wollten.«

»Ihre Regierungen haben sie auch noch ermutigt«, sagte Lüthi. »Die US-Streitkräfte sollen Freiwillige mit der Aussicht auf die offenherzigen und willigen Französinnen angeworben haben. Es hieß, französische Frauen seien verrückt auf Yankees. Und übrigens: Bei den verurteilten G.I.s handelte es sich fast ausschließlich um Schwarze, die man zu Sündenböcken machte, damit der Mythos des starken weißen amerikanischen Helden aufrechterhalten blieb. Viele der missbrauchten Frauen haben damals geschwiegen, meistens aus Scham.«

»Passte ja auch nicht zur Euphorie der ruhmreichen Befreiung«, sagte Hartmann giftig.

Zeit, wieder zur Sache zu kommen.

»Der Vorfall in jener Spätsommernacht von 1944 blieb nicht ohne Konsequenzen«, nahm Friis den Faden wieder auf. »Es ist der Beginn einer Kette, dessen letztes Glied Marielle Rochat ist.«

»Genau genommen ist es ihr Sohn Silvain«, sagte Lüthi.

Friis machte eine zustimmende Geste. »Im Frühling 1945 brachte Jacqueline Rochat einen Jungen namens Jean-Luc zur Welt. Im Juni 1954 kehrte Martin Wilkinson zum ersten Mal in die Normandie zurück. Es war der zehnte Jahrestag der Invasion. Jacqueline lebte immer noch auf dem Hof ihrer Eltern. Sie war schwer erkrankt und stand an der Schwelle des Todes. Ihre Schwester Herminie kümmerte sich um den Neunjährigen. Wilkinson blieb an Jacquelines Sterbebett bis zu ihrem Ende. Bevor sie die Augen für immer schloss, versprach er ihr, für die Schwester und den Jungen zu sorgen.«

»Er fühlte sich verantwortlich für das, was Lamotta der Familie angetan hatte?«, fragte Hartmann.

»So schilderte es Scarlett. Joe Lamotta war für Martin Wilkinson wie ein kleiner Bruder gewesen, für den er Verantwortung zu übernehmen hatte. Sein ganzes Leben lang warf er sich vor, die Vergewaltigung nicht verhindert zu haben.«

»Was war mit dem Vater und dem Bruder der Schwestern? Wie hieß er noch gleich?«

»Loïc. Er wurde bei seinem letzten Einsatz für den Widerstand getötet. Wilkinson wollte Herminie und Jean-Luc zu sich in die Staaten holen. Herminie lehnte ab, sie wollte ihre Heimat nicht verlassen. Also sorgte Martin dafür, dass sie und Jean-Luc wenigstens finanziell gesichert waren. Er bezahlte die vollständige Renovierung des Hofes und finanzierte Jean-Lucs Ausbildung.«

»Was ist aus den beiden geworden?«

»Damit es klar ist«, sagte Friis. »Was ich euch hier erzähle, ist die Version von Scarlett Wilkinson.« Sie zeigte auf Hartmanns Notebook. »Das muss, so gut es geht, nachgeprüft werden.«

»Ich kümmere mich darum«, sagte Hartmann.

»In Ordnung, danke Maja. Also, Herminie heiratete Jahre später einen Einheimischen. Kurz vor Jean-Lucs einundzwanzigstem Geburtstag kam sie mit ihrem Mann und ihren zwei eigenen Kindern bei einem Bootsunglück in Südfrankreich ums Leben.«

»Es ist gerade so, als würde ein Fluch auf der Familie lasten«, sagte Hartmann.

Friis hatte den gleichen Gedanken gehabt, als Scarlett ihr die Geschichte erzählt hatte. Manche Menschen oder Familien scheinen das Unglück anzuziehen.

»Zu diesem Zeitpunkt studierte Jean-Luc Maschinenbau in Paris. Nach seinem Abschluss bot ihm Martin Wilkinson einen Job in den USA an. Jean-Luc hatte kein Interesse. Nach diversen mehrjährigen Einsätzen für einen französischen Maschinenbauer ein wenig überall auf der Welt nahm er eine Stelle bei einem Schweizer Hersteller von Schiffsdieselmotoren an. Ende der siebziger Jahre lernte er Christine Durrer kennen, eine Solothurnerin, die in derselben Firma arbeitete. Die beiden heirateten 1985 und zogen hierher. Vier Jahre später wurde Christine Rochat-Durrer schwanger, ihr einziges Kind, Tochter Marielle, kam 1990 auf die Welt.«

»Die lange Reise eines männlichen Samens von New York durch die ganze Welt nach Solothurn.« Das war Hartmann.

»Stimmt nicht ganz, Maja«, korrigierte sie Friis schmunzelnd. »Joe Lamotta war kein New Yorker. Er ist in Hoboken, im Bundesstaat New Jersey, geboren und aufgewachsen. – Zurück zum Fall: Wie sieht es mit der Analyse der Spritze aus?«

»Ist angekommen«, sagte Lüthi. »Die Spritze enthielt Pentobarbital.«

»Wird das nicht bei der Sterbehilfe verwendet?«, fragte Friis.

»Wird es. Die Spritze enthielt eine Dosis, die ausgereicht hätte, Wilkinson zweimal umzubringen.«

»Und doch wurde sie ihm nicht verabreicht.«

»Richtig. Die Injektionsnadel wurde nie angesetzt, hat die Kriminaltechnik bestätigt.«

»Aber es besteht kein Zweifel, dass Marielle Rochat sie bei sich trug?«, fragte Friis.

»Zum einen wurde der Fingerabdruck eindeutig ihr zugeordnet. Zudem hat sie zugegeben, die Spritze von Martin Wilkinson bekommen zu haben.«

Lüthis Handy klingelte. Während er antwortete, ordnete Friis ihre Gedanken. Ein Tod durch Überdosis eines Herzmedikamentes konnte manche Ursachen haben: Irrtum in der Verabreichung, Selbstmord oder absichtliche Tötung. Scarlett hatte ihr versichert, dass Martin Wilkinson selbst für seine Medikation sorgte. Er wollte es so, um geistig fit zu bleiben. Die Warnungen der Ärzte, von ihr, Donna und seinem Sohn habe er in den Wind geschlagen. Dabei war in seinem Alter ein plötzlicher Aussetzer nicht auszuschließen. Die Geschichte mit der tödlichen Spritze, die er Marielle Rochat in die Hand gedrückt haben soll, ergab keinen Sinn. Sie nicht benutzt zu haben, entlastete Rochat zwar, enthob sie aber nicht jeglichen Verdachts.

»Wir müssen noch mal mit Rochat sprechen, Maja«, sagte sie.

»Ich rufe sie an.« Hartmann griff nach ihrem Handy.

»Lass sie abholen. Das ist sicherer.«

»Könnte schwierig werden«, sagte Lüthi, der sein Gespräch beendet hatte. »Marielle Rochat ist verschwunden.«

»Was heißt verschwunden?«, fragten Hartmann und Friis im Chor.

»Sie hat ihre Bewacher abgehängt und sich abgesetzt.«

»Das kann doch nicht sein«, sagte Friis. »Ihr Handy …«

»Liegt bei ihr zu Hause«, sagte Lüthi. »In der Wohnung weist nichts auf einen Kampf hin. Sieht aus, als habe sie sich freiwillig abgesetzt.«

»Möglich, dass sie zu ihrer Mutter gefahren ist«, wandte Hartmann ein. »Ihr Sohn ist dort. Sie wohnt in der Nähe von Büren an der Aare. Ich versuche, sie telefonisch zu erreichen.«

»Nein«, sagte Friis. »Du und Mike, ihr fahrt dorthin. Ich informiere die Berner Kollegen.«

5

Beim Wasserwehr Port, das den Abfluss des Bielersees reguliert, zwang die Schleuse Marielle zu einem Halt. Sie nutzte ihn für einen weiteren Versuch, Damian zu erreichen. Sie schwankte zwischen Wut und Sorge. Sie hatte ihn schwer in Verdacht, ihr die SMS geschickt zu haben. Aber wozu die Geheimniskrämerei? Wenn es nicht um Silvain ginge, wäre ihr das alles egal. Er sei bei ihm, hatte Damian geschrieben, oder wer auch immer hinter der anonymen Nummer steckte und Anweisungen gab, die sie, sobald gelesen, sofort zu löschen hatte. Silvain war bei ihrer Mutter untergebracht.

Eine Stunde später steuerte sie den Cruiser entlang der St. Petersinsel. Mittlerweile hatte sie sich geschworen, Damian mit bloßen Händen umzubringen, wenn sich herausstellen sollte, dass er sie buchstäblich an der Nase herumgeführt hatte.

In Erlach angekommen, navigierte sie das Boot in den Hafen. Das Städtchen war Ausgangspunkt für Fuß- und Radwanderungen auf die Halbinsel. Die Absenkung des Seespiegels während der Juragewässerkorrektur in der zweiten Hälfte des 19. Jahrhunderts hatte die flache Landzunge entstehen lassen, die heute die Insel mit dem Festland verbindet. Ein paar Jahre vor Silvains Geburt hatte Marielle, damals heftig in Damian verliebt, mit ihm ein Wochenende im historischen Klosterhotel verbracht.

Am Übergang des 18. zum 19. Jahrhundert war es *the place to be* der damaligen europäischen A-Prominenz. Nebst den Königen von Preußen, Bayern und Schweden gehörte Kaiserin Joséphine zu den illustren Besuchern der Insel. Johann Wolfgang von Goethe war ebenfalls dort zu Gast gewesen. Jean-Jacques Rousseau, Genfer Politphilosoph und Vordenker der Französischen Revolution, hatte sechs Wochen im Kloster gewohnt. Die erlauchten Touristen dürften per Kutsche und Boot angereist sein. Heute war die Insel zu Fuß, per Fahrrad oder Schiff erreichbar.

Kaum hatte sich Marielle vom Hafenareal zu Fuß ins Städtchen aufgemacht, kündigte ihr Handy die langersehnte Nachricht an.

Folge dem Stadtgraben bis zum Ende, dann links weiter Im Städtchen bis zur Amthausgasse. Nach dem Lebensmittelladen rechts bis zum kleinen Platz. Rotes E-Bike unter Baum. Kombinationsschloss-Code: 0431. Guck in die Satteltasche.

Marielle blickte sich hastig um. Der Absender wusste genau, wo sie sich gerade befand. Konnte Damian sie sehen, sie ihn aber nicht?

Jetzt hörte sie es: ein Surren in der Luft. Sie blickte nach oben.

Die Drohne hing direkt über ihr.

Wütend begann sie zu tippen.

Was soll das Versteckspiel? Zeig dich endlich und bring mich zu Silvain.

Den Blick auf die Drohne gerichtet, tippte sie auf die »Send«-Taste. Wie ein Rieseninsekt in Lauerstellung verharrte das Fluggerät am Himmel.

Der Signalton des Handys löste den Bann.

Wenn du ihn wiedersehen willst, mach, was dir gesagt wird.

Unmittelbar darauf ertönte das Handysignal ein zweites Mal, eine Bildnachricht. Das Foto war von grausamer Schärfe. Silvain blickte ängstlich in die Kamera.

Um nicht aufzuschreien, biss Marielle in die geballte Faust. Warum tat Damian ihr und vor allem Silvain das an? Sie betrachtete das Foto – und stutzte.

Etwas stimmte nicht.

Es war die Art, wie Silvain in die Kamera blickte. Seinen Vater hätte er nie so angesehen. Hatte tatsächlich ein Fremder das Bild gemacht und sie mit seinen SMS hergelockt? Ihr Blick wanderte zum Himmel. Die Drohne verharrte immer noch an derselben Stelle. Ein Bote, der darauf wartete, die Antwort seinem Herrn zurückzubringen.

Marielle tippte erneut.

Ich mache, was ihr wollt.

* * *

Donna Wilkinson trat just in dem Moment aus dem La Couronne heraus, als Friis das Tourismusbüro auf der gegenüberliegenden Seite des Platzes passierte. Die hochgewachsene Amerikanerin trug ein bestimmt nicht ab Stange gekauftes Etuikleid, das mit ihrer nackenlangen Pagenfrisur harmonierte. Friis wusste aus den Akten, dass Donna Wilkinson auf die sechzig zuging. Das machte sie keineswegs unsichtbar, ihre Erscheinung zog die Blicke der Passanten auf sich. Friis folgte ihr bis zur Drogerie gegenüber der Jesuitenkirche. Donna betrat den Laden.

Friis wartete vor dem Portal der Kirche. Im Geschäft sprach Donna angeregt mit einer Verkäuferin, die sich offenbar in Englisch verständigen konnte. Sobald sie den Laden verlassen hatte, ging Friis auf sie zu.

»Mrs. Wilkinson?«

»Ja, bitte?«, fragte Donna milde irritiert, in einer fremden Stadt auf offener Straße angesprochen zu werden. Im Gegensatz zu Scarlett kam sie kühler, abweisender herüber. Ihr Gesicht trug die Züge klassischer, zeitloser Schönheit, der Beweis, dass Eleganz kein Alter hatte.

»Ich erkenne Sie wieder«, sagte sie. »Sie waren gestern auf dem Schiff. Sie und Ihr Begleiter saßen am Tisch hinter uns. Später als Martin … Sie haben kurz mit uns gesprochen. Sie sind Polizistin, nicht wahr? Entschuldigen Sie, ich stehe noch etwas neben mir.«

Friis zeigte diskret ihren Dienstausweis. Es sollte nicht jeder mitbekommen, dass die Polizei eine Ausländerin ansprach. »Major Katrin Friis, Kantonspolizei.«

»Natürlich«, sagte Donna. »Sie sind vom *C. I. D.*, *Criminal Investigation Division*?«

»Sie haben gestern mit meiner Mitarbeiterin gesprochen, Feldweibel Maja Hartmann.«

Donna legte die Stirn in Falten. »Feldweibel?«

»Entspricht bei Ihnen dem Rang eines *Sergeant.*«

Donna nickte. »Wie kann ich Ihnen behilflich sein, Major?«

Friis deutete auf die Tüte mit dem Logo der Drogerie, die Donna in der Hand hielt. »Fühlen Sie sich nicht wohl?«

»Nichts Schlimmes. Leichte Halsschmerzen und Hustenreiz. Die Drogerie wurde mir im Hotel empfohlen. Sie soll gute Produkte führen, mit natürlichen Bestandteilen. Die Verkäuferin hat mir einen hausgemachten Hustensirup gegeben.«

»Wie war Ihre Behandlung?«, fragte Friis.

»Wie bitte?«

»Im Spa des H4-Hotels. Als ich Sie am Vormittag sprechen wollte, hieß es, Sie seien dort.«

»Ach das?«, sagte Donna ohne eine Spur von Verlegenheit. »Ja, vielen Dank, war sehr schön.«

Friis zeigte zum Hoteleingang. »Gehen wir zurück? Ich würde Ihnen gern ein paar Fragen stellen.«

»Was für Fragen? Es hieß, es sei ein Unfall gewesen.«

»Unsere Ermittlungen stehen erst am Anfang. Neuen Erkenntnissen müssen wir nachgehen. Ist Ihr Gatte inzwischen aus Zürich zurück?«

»Leider nicht. Er steckt noch in Besprechungen. Martins Tod zwingt uns, Vorkehrungen zu treffen, um gewisse Gläubiger und die Aktionäre nicht zu beunruhigen.«

Friis verzichtete auf eine Rüge. Angesichts des Interesses, das der Fall in Bern und Washington erregte, war es hilfreicher, die Wilkinsons nicht gegen sich aufzubringen.

Eine Wetterbesserung hatte den Sommer und damit

die Menschen wieder in die Stadt gelockt. Die Terrassen der Cafés in der Hauptgasse und auf dem Marktplatz waren gut besucht. Nicht ideal, um vertrauliche Gespräche zu führen.

»Ich würde mir gern ein wenig die Füße vertreten«, sagte Donna.

»Sehr schön. Folgen Sie mir, bitte.«

Sie saßen sich in Friis' Büro gegenüber.

Donna zeigte weder Erstaunen, noch war sie darüber verärgert, dass Friis sie ins Polizeikommando eingeladen hatte. Immerhin hatte sie ihr unterwegs die Schanze und den Konzertsaal gezeigt.

»Sehr idyllisch hier.«

Gebannt sah Friis zu, wie Donna drei Tütchen Zucker in der Espressotasse verrührte.

Donna bemerkte es. »Ich schockiere sie hoffentlich nicht. Normalerweise trinke ich den Kaffee schwarz. Es kommt oft vor, dass ich um diese Uhrzeit müde werde. Dann brauche ich einen Glukoseschub. Künstlichen Süßstoffen gehe ich aus dem Weg. Das Zeug strotzt nur so von Chemie. Dagegen ist Zucker gesund.«

»Was meinten Sie mit idyllisch?«, fragte Friis.

Donna ließ die Hand mit dem Kaffeelöffel im Raum kreisen. »Nicht, dass ich damit viel Erfahrung hätte, aber ich habe noch nie eine Polizeistation gesehen, in der es so ruhig hergeht wie hier. Das Verbrechen scheint es in Ihrem Land nicht eilig zu haben.«

Friis lächelte. »Das ist eine Frage des Standpunktes. Wir sind eine Kleinstadt. In Zürich oder Genf dürfte mehr los sein. Trotzdem haben wir genug zu tun.«

Donna nippte an ihrem Kaffee. »Jetzt müssen Sie sich auch noch mit uns herumschlagen. Sie sagten, Sie hätten weitere Fragen?«

»Es geht um Marielle Rochat. Wie standen Sie zu ihr?«

Donna runzelte die Stirn. »Ich hatte bisher nur wenig Kontakt mit ihr. Scarlett kann Ihnen mehr zu der jungen Frau sagen.«

»Mit ihr habe ich gesprochen. Sie haben sich bestimmt eine eigene Meinung über Marielle gebildet. Schließlich waren sie zwei Tage zusammen.«

Donna legte den Kopf schräg, als würde es ihr helfen, die richtige Formulierung zu finden. »Sagen wir, ich habe mich mit ihr auseinandergesetzt. Sie ist ja, wie soll ich sagen, aus heiterem Himmel über unsere Familie hereingebrochen.«

»Hereingebrochen?«

Donna hüstelte. »Entschuldigen Sie, das war der falsche Ausdruck. Ich meine, sie war plötzlich da. Mein Schwiegervater hat uns erst vor ein paar Wochen vor vollendete Tatsachen gestellt.«

»Was hat er Ihnen erzählt?«

»Diese furchtbare Geschichte mit der Französin während des Krieges. Die Frau tut mir leid.«

»Wen meinen Sie?«

»Marielles Großmutter. Zur damaligen Zeit vergewaltigt zu werden, muss furchtbar gewesen sein.«

»Ist es das heute nicht auch noch?«

Donna presste die Lippen zusammen. »Sie haben natürlich recht. Aber wie schlimm muss es erst für Marielle gewesen sein, zu erfahren, die Frucht einer Vergewaltigung zu sein.«

»Wie meinen Sie das?«

»So was trägt man ein Leben lang mit sich wie ein Stigma.«

Donna Wilkinson gab sich kultiviert und tolerant. Unter ihresgleichen käme sie wohl damit durch. Ein typisches Problem für jemanden aus der oberen Kaste: Die Maske fiel, sobald man sich in der gewöhnlichen Gesellschaft bewegte.

»Hatten Sie den Eindruck, dass ihre Herkunft Marielle beeinträchtigt? Erweckte sie den Eindruck, darunter zu leiden?«

»Um Gottes willen, nein. Dafür kann Marielle doch nichts. Niemand hat daran schuld, nicht mehr. Der Peiniger ihrer Großmutter ist lange tot. Martin hatte ihn …« Donna suchte nach Worten. »Er wurde zum Werkzeug der Strafe Gottes.«

»Er hat ihn erschossen. Scarlett hat es mir heute Morgen erzählt.«

Donna sah sie aus halb geschlossenen Lidern an, als würde sie sich langweilen.

»Es war Notwehr. Joe wollte Martin umbringen. Außerdem war Krieg.«

»Denken Sie, Marielle hatte Ressentiments deswegen?«

»Gegen Martin? Weshalb sollte sie?«

»Verstehen Sie mich richtig, ich will ihr nichts unterstellen. Wir ziehen lediglich jede Eventualität in Betracht. Martin Wilkinson hat Marielles Großvater getötet. Das ist ein Fakt.«

Donnas Augen weiteten sich. »Wollen Sie damit sagen … Sie glauben, Marielle hat Martin absichtlich ins

Wasser gestoßen? Aus Rache für etwas, das vor achtzig Jahren geschehen ist?«

Es wurde Zeit, die Katze aus dem Sack zu lassen. »Im Körper Ihres Schwiegervaters wurde eine Substanz in tödlicher Dosis festgestellt. Sie war die Todesursache.«

Donna verschränkte die Arme, als würde sie plötzlich frieren. »Martin wurde vergiftet?«

»Mr. Wilkinson nahm regelmäßig Medikamente ein, ist das richtig?«

»Stimmt, er hatte ein spezielles Herzmittel verschrieben bekommen.«

»Tropfen oder Tabletten?«

»Tropfen, glaube ich. Er hatte stets auch einen Inhalator bei sich, für Notfälle.«

»Einen Inhalator? Wie sie Asthmapatienten verwenden?« Friis erinnerte sich nicht, im KTD-Bericht gelesen zu haben, dass so ein Gerät sichergestellt wurde.

»Ich denke schon«, sagte Donna.

»Wissen Sie mit Bestimmtheit, dass Mr. Wilkinson diesen Inhalator bei sich hatte?«

Donna dachte einen Moment nach.

»Davon gehe ich aus. Martin war in diesen Dingen sehr sorgfältig. Scarlett und ich haben in seinem Zimmer aufgeräumt, nachdem Ihre Leute es durchsucht hatten. Den Inhalator haben wir nicht gefunden.«

»Hat Mr. Wilkinson die Medikamente immer selbst zu sich genommen? Haben Sie ihm geholfen, oder Scarlett?«

Donna schüttelte vehement den Kopf. »Martin bestand darauf, unabhängig zu sein. Er hatte sich die Medikamente selbst besorgt. Besser gesagt, Úrsula kümmerte sich darum.«

»Úrsula, wer ist das?«

»Die ausgebildete Pflegerin, die sich zu Hause in Rochester um ihn kümmerte. Sie stammt aus Kolumbien. Dreimal die Woche schaut sie vorbei, untersucht ihn und schaut, dass er alles hat, was er braucht.« Donna fasste sich an den Kopf. »Um Gottes willen, die Arme weiß noch gar nicht Bescheid. Sie wird am Boden zerstört sein.«

»Sie selbst hatten nichts mit Martins Medikation zu tun?«, fragte Friis.

»Auf keinen Fall. Martin bestand darauf, dass ich nicht zu seinem Pflegepersonal gehöre. Lediglich Scarlett hat gelegentlich kontrolliert, ob Úrsula ihre Arbeit korrekt erledigte.«

»Aus welchem Grund? Traute sie der Pflegerin nicht?«

»Kein bestimmter Grund. Scarlett ist so. Vielleicht lag es daran, dass Úrsula Latina ist.«

War das ein Versuch Donnas, sie zu manipulieren, fragte sich Friis. Sie hatte Wilkinsons Schwester bisher nicht als Rassistin wahrgenommen.

»Wer kümmerte sich während dieser Reise um Mr. Wilkinsons Medikamente?«

»Ich jedenfalls nicht. Scarlett achtete darauf, dass er hatte, wenn und wann er es brauchte.«

»Hatte sie andere Medikamente dabei, für einen Notfall beispielsweise?«

»Tut mir leid, das müssen Sie Scarlett selbst fragen.«

»Wusste Marielle Rochat über die Medikation Ihres Schwiegervaters Bescheid? Wurde in Ihrem Beisein darüber gesprochen? Vielleicht während eines Essens?«

»Nicht, wenn ich dabei war.« Donna sah auf die Uhr.

»Brauchen Sie mich noch länger? Ich würde gern ins Hotel zurückkehren. Bart wird sich Sorgen machen, wenn er zurückkommt und mich nicht findet.«

»Eine letzte Frage noch, wenn Sie gestatten: Nahm Mr. Wilkinson weitere Mittel zu sich?«

»Ich habe Ihnen doch gesagt, dass …«

»Vielleicht ein starkes Betäubungsmittel, Pentobarbital zum Beispiel?«

»Pento?«, fragte Donna erschrocken. »Wie kommen Sie darauf, um Himmels willen!«

»Wie gesagt, wir ermitteln in jede Richtung und überprüfen alle Hinweise.«

Donna sah Friis für einen langen Moment an, ohne ein Wort zu sagen, bevor sie sich abrupt erhob.

»Ich kann Ihnen beim besten Willen nicht mehr dazu sagen, als dass ich und mein Mann nichts damit zu tun haben. Ich würde jetzt gerne gehen.«

»Selbstverständlich. Soll ich Sie ins Hotel zurückfahren lassen?«

»Das ist nicht nötig. Ich habe mir den Weg gemerkt.«

Mit einem Nicken und einem knappen Lächeln verließ Donna Friis' Büro.

* * *

»Glaubst du, Marielle Rochat ist zu Fuß unterwegs?« Lüthi fuhr bei Grenchen von der A5 ab, Richtung Süden.

Ein Kollege, der Rochats Wohnung noch mal durchsuchte, hatte angerufen. Ihr Auto stand in der Garage. Die Nachbarn wurden gerade befragt.

»Das kann vieles bedeuten«, sagte Hartmann. »Sie ist

mit einem anderen Transportmittel unterwegs, entweder allein oder mit jemandem zusammen, vielleicht mit ihrem Sohn.«

»Letzteres hoffe ich«, sagte Lüthi. »Im Übrigen erstaunt mich bei diesem Fall nichts mehr.«

Sie überquerten die Bogenbrücke über der Aare bei Arch.

»Nach Rüti musst du im Kreisel die erste Ausfahrt nehmen, Richtung Büren«, sagte Hartmann.

»Okay.« Der zivile Einsatzwagen war mit Navi ausgerüstet. Lüthi wusste auch so, wo es lang ging. Obwohl sie sich in- und auswendig kannten, hatte seine Ex-Freundin es sich nicht abgewöhnen können, jede Richtungsänderung vor dem elektronischen Fahrassistenten anzukündigen. Lüthi lag die Bemerkung auf der Zunge, ob sie nicht eine neue Karriere als Navi-Sprecherin ins Auge fassen wollte. Er ließ es bleiben, bei Maja wusste man nie, wann und auf welche Art flapsige Bemerkungen gegen sie quittiert würden.

Sie befanden sich auf Berner Gebiet. Inzwischen müsste Friis die Nachbarkollegen in Büren an der Aare auf dem kleinen Dienstweg über ihren Einsatz zwecks Befragung auf ihrem Territorium ins Bild gesetzt haben. Ein übliches Vorgehen angesichts des zerklüfteten Kantons Solothurn, wo man selten eine Viertelstunde im Auto von A nach B unterwegs ist, ohne das Territorium eines benachbarten Kantons zu durchqueren.

Lüthi bog in Rüti bei Büren erneut links nach Süden ab.

»Ich dachte, ich kenne mich im Bucheggberg aus«, sagte Hartmann, als sie über eine freie Anhöhe fuhren. »Hier war ich noch nie.«

»Wir sind auch nicht mehr im Bezirk Bucheggberg«, brummte Lüthi. »Das hier gehört schon zum Berner Seeland.«

Kurz darauf erreichten sie Oberwil bei Büren, ein in dieser Region typisches, größtenteils aus landwirtschaftlichen Anwesen und maximal dreigeschossigen Wohnhäusern bestehendes Bauerndorf. Lüthi warf einen Blick auf das Navi.

»Mutter Rochat lebt in einem Einzelhaus am westlichen Dorfende, an der Schnottwilstrasse«, sagte Hartmann.

»Danke, Maja, ich hab's gesehen.«

»Da vorne muss es sein.«

Lüthi seufzte.

Marielle Rochats Mutter wohnte in einem alleinstehenden zweigeschossigen Einfamilienhaus mit gelber Fassade und Satteldach am westlichen Dorfausgang auf der linken Straßenseite. Auf dem Vorplatz stand ein japanischer SUV.

»Scheint jemand zu Hause zu sein«, sagte Lüthi, als er den Dienst-Škoda neben dem SUV stoppte.

Hartmann beobachtete die weiter nach Südwesten verlaufende Straße. »Hast du den gesehen?«

»Wen?«

»Den Wagen da vorne.« Hartmann stieg aus und stellte sich an den Straßenrand.

Lüthi trat neben sie. Sie taten so, als würden sie auf jemanden warten.

»Kontrollschild«, raunte Hartmann ihm zu.

Der wuchtige goldmetallicfarbene Range Rover mit getönten Scheiben passte in die Gegend wie eine Kuh in den Fürstenpalast von Monaco. Das italienische Nummernschild unterstrich diesen Eindruck. Der Wagen stand in etwa dreißig Meter Entfernung mit laufendem Motor am Straßenrand.

»Scheint auf etwas oder jemanden zu warten«, sagte Lüthi. »Kannst du das Provinzkürzel auf dem blauen Seitenband erkennen?« Die Distanz war für sein Sehvermögen zu groß.

Hartmann kniff die Augen zusammen. »NA steht für Neapel, oder nicht?«

»Denke schon.« Lüthi ging langsam auf das Fahrzeug zu. Inzwischen müsste den Insassen aufgefallen sein, dass sie beobachtet wurden. Aus den Augenwinkeln sah er, dass Hartmann die Straße überquerte. Sie näherte sich parallel zu ihm dem Fahrzeug. Ihre Hand lag auf dem Waffenholster.

Mit aufheulendem Motor fuhr der Range Rover davon. Die Insassen wollten es offensichtlich nicht auf eine Konfrontation ankommen lassen. Lüthi schoss ein Handyfoto des Hecks.

Hartmann stieß wieder zu ihm. »Das waren bestimmt keine Touristen. Hast du die Nummer?«

Er vergrößerte das Bild. »Ist zu erkennen. Sieht danach aus, als wollten die Herrschaften Frau Rochat einen Besuch abstatten.«

»Oder sie waren schon bei ihr?«

Sie wechselten einen langen Blick.

»Glaubst du …?«, fragte Hartmann.

»Lass uns nachsehen.«
Die Haustür war angelehnt. Sie zogen ihre Waffen.
»Bereit?«, fragte Hartmann.
Lüthi nickte.
Sie ging vor. »Hier ist die Polizei. Jemand da?«
Das war der Nachteil: Im Gegensatz zu Unbefugten mussten sie ihre Anwesenheit bekannt geben.

Der Geruch von Frischgebackenem ließ Lüthi das Wasser im Mund zusammenlaufen. Aprikosenwähe, dachte er. Links führte eine Treppe nach oben. Er bedeutete Hartmann, hochzugehen, er folgte dem Korridor. Eine weitere Tür führte links in den Keller. Der Schlüssel steckte außen. Lüthi riegelte die Tür ab. Um das Untergeschoss würde er sich später kümmern. Er ging zurück zur Küche, erste Tür rechts vom Eingang aus gesehen. Der Backofen war erleuchtet. Lüthi schaltete ihn ab und öffnete die Ofentür. Höchste Zeit, ein paar Minuten später hätten Obst und Teig Farbe und Konsistenz von Holzkohle angenommen. Wäre schade drum.

Im Haus war es totenstill. Mit dem Ofen hatte Lüthi auch das Gebläse und damit die einzige Geräuschquelle ausgeschaltet. Lüthi hörte ein Knarzen, es kam von oben, wahrscheinlich Hartmann. Bis auf eine Durchreiche gab es keinen direkten Zugang zum angrenzenden Raum, vermutlich das Esszimmer. Lüthi verließ die Küche und ging auf dem Korridor nach hinten. Eine Tür führte rechter Hand ins Wohnzimmer. Zusammen mit dem Esszimmer bildete es einen Raum. Eine Glasfront mit anschließender Terrasse gab den Blick nach Süden auf den Garten und das dahinterliegende Feld in östlicher

Richtung frei. Eine nicht mehr zeitgemäße Schrankwand mit eingebautem Flachbildfernseher beanspruchte die gesamte nördliche Zimmerwand.

Lüthi bewegte sich auf die Glasfront zu, bis er ein Rascheln aus der linken Ecke vernahm. Es ging vom Sofa aus und wiederholte sich, diesmal gefolgt von einem dumpfen Wimmern eines Menschen. Behutsam näherte er sich dem Möbel, bis er die Liegefläche im Blickfeld hatte.

Eine ältere Frau lag auf dem Rücken. Ihr Mund war mit Isolierband verklebt, Hände und Füße mit Kabelbindern gefesselt. Sie starrte Lüthi aus weit aufgerissenen Augen an.

Er steckte die Pistole ein und löste das Isolierband von ihrem Mund.

»Frau Rochat?«, fragte er.

»Ja«, klang es heiser zurück.

Mit seinem Taschenmesser durchschnitt er die Fesseln.

»Gott sei Dank«, japste sie. »Ich dachte schon, ich müsste ersticken. Wer sind Sie?«

»Mike Lüthi, Solothurner Kantonspolizei, was ist geschehen?«

»Männer … sie waren plötzlich im Haus. Einer von ihnen hat mich überwältigt und gefesselt. Die anderen haben den Jungen mitgenommen.«

»Wann war das?«

»Vor einer Stunde etwa.«

»Wie viele waren es?«

»Ich habe drei gesehen. Ich glaube, einer ist noch im Haus.«

Lüthi griff nach der Waffe und blickte um sich.

»Wo ist er?«, flüsterte er.

»Im Keller, glaube ich. Er sucht nach etwas.«

»Können Sie aufstehen?«

»Denke schon.«

Lüthi zeigte auf die Glastür, die hinaus in den Garten führte.

»Laufen Sie so rasch Sie können rüber zu Ihren Nachbarn und rufen Sie die 117. Sagen Sie, dass zwei Polizisten vor Ort sind und Verstärkung brauchen.«

»Und was machen Sie?«

»Wir kümmern uns um den Eindringling. Gibt es einen zweiten Ausgang außer der Haustür und hier über die Terrasse?«

»Wir?«

»Meine Kollegin und ich. Der zweite Ausgang?«

Frau Rochat schüttelte den Kopf.

»Gut.« Lüthi öffnete die Glastür. »Gehen Sie jetzt rüber, schnell.«

Kaum war die Frau draußen, wurde an die Kellertür gepoltert. Jemand versuchte, rauszukommen.

Im Korridor schritt Hartmann vom Eingang her mit der Waffe im Anschlag auf die Kellertür zu. Beide positionierten sich seitlich davor.

»Polizei!«, rief Lüthi. »Wir sind bewaffnet. Ich schließe die Tür auf. Dann kommen Sie mit erhobenen Händen heraus.« Er drehte den Schlüssel.

Hinter der Tür regte sich nichts. Die Person hinter der Tür war offenbar nicht gewillt, zu diskutieren.

»Sie haben keine Chance«, sagte Lüthi. »Kommen Sie heraus.« Er wechselte einen kurzen Blick mit Hartmann.

»Anderer Ausgang?«, flüsterte sie. »Durch den Keller?«

»Fehlanzeige. Dem bleibt nichts anderes übrig als …«

Es knallte zweimal hintereinander, das Holz der Kellertür splitterte, zwei Projektile schlugen in der gegenüberliegenden Wand ein.

»Dreckskerl!«, stieß Hartmann hervor. »Spinnt der, oder was? Bist du okay, Mike?«

»Ja, Rückzug.«

Lüthi bezog hinter dem Rahmen der Küchentür Stellung, Hartmann ging beim Treppenaufgang in Deckung.

Irgendwo im Untergeschoss klirrte Glas.

»Er hat ein Fenster eingeschlagen«, sagte Lüthi. »Er versucht wahrscheinlich, durch den Garten abzuhauen. Schneid ihm den Fluchtweg zur Straße ab. Ich fange ihn hinten ab.«

Aus der Ferne näherte sich der Zweiklangton eines Martinshorns.

Im Garten verlief eine Blutspur weg vom Haus zum freien Feld jenseits des Gartens. Der Eindringling musste sich bei der Flucht durch das Fenster verletzt haben. Um zum Feld zu gelangen, musste er durch ein Gestrüpp aus Kornelkirschen- und Holundersträuchern. Lüthi folgte der Spur. Auf der anderen Seite des Buschwerks sah er den Mann. Er humpelte über das Feld und schien aus einer Wunde am Oberschenkel zu bluten.

»Polizei, bleiben Sie stehen!«, rief Lüthi.

Der Flüchtende beschleunigte seine Schritte, obschon die Wunde ihm starke Schmerzen bereiten musste.

Lüthi hatte keine Wahl. Er hob die Waffe.

* * *

Kurz hinter der Berner Seelandgemeinde Ins lösten französischsprachige Wegweiser und Ortsschilder ihre deutschsprachigen Pendants ab. Marielle hatte die Kantonsgrenze zwischen Bern und Freiburg und damit die Sprachgrenze überquert.

Eine Viertelstunde später erreichte sie ihr Ziel. Der Campingplatz Les 3 Lacs lag am Broye-Kanal, der den Neuenburger- mit dem Murtensee verband. Weiter nördlich lag der Zihlkanal zwischen Neuenburger- und Bielersee. Die dritte Verbindung war der Biel-Nidau-Kanal mit dem Wasserwehr Port, dessen Schleuse sie vor ein paar Stunden passiert hatte. Die Kanäle entstanden im 19. Jahrhundert. Die Regulierung der Zu- und Abflüsse der drei Jurarandseen bewahrte die Kantone des unteren Aaretals, Bern, Solothurn und Aargau, vor Hochwasser. Heute sind sie Teil der längsten Wasserstraße der Schweiz von Solothurn nach Murten.

Les 3 Lacs gehörte zur Freiburger Gemeinde Sugiez. Es war kein gewöhnlicher Zeltplatz, vielmehr handelte es sich um ein Bungalow-Dorf mit eigener Anlegestelle für Kursschiffe. Auf den Kontrollschildern der Autos, an denen Marielle auf dem weitläufigen Parkplatz vorbeiradelte, waren vor allem Berner, Freiburger, Waadtländer, Neuenburger, Solothurner und jurassische Kantonswappen vertreten. Vereinzelt stachen französische und deutsche Kennzeichen heraus.

Im Empfangspavillon erfuhr sie, dass ein Bungalow für sie vorbereitet war.

Damit erschöpften sich die guten Nachrichten.

»Ist der … mein Partner denn nicht da?«, fragte Marielle irritiert, als die Rezeptionistin ihr den Schlüssel aushändigte.

»Es war ein Monsieur hier«, erwiderte die junge Frau, auf deren Namensschild »Geneviève« stand. »Ich habe ihn vor einiger Zeit fortgehen sehen.«

»Hat er gesagt, wohin er geht und wann er zurückkommt?«

Geneviève sah sie mit hochgezogenen Augenbrauen an. *»Désolée.* Er meinte, Sie wüssten Bescheid.«

»War er allein? Hatte er ein Kind bei sich, einen kleinen Jungen?«

»Ich habe kein Kind gesehen. Ein Junge sagen Sie? Wie alt ist er denn?«

»Neun Jahre.« Marielle schluckte die aufsteigende Panik hinunter. »Kann es sein, dass er im Bungalow geblieben ist?«

»Das kann ich Ihnen nicht sagen, Madame.« Marielle schien ihr leidzutun. »Heute war viel los, und ich war nicht die ganze Zeit da. Lassen Sie mich nachsehen.« Geneviève gab etwas in ihren Computer ein. Dann hob sie mit bedauernder Miene den Kopf. »In diesem Bungalow ist kein Kind registriert, tut mir sehr leid, Madame.«

»Je vous remercie.« Marielle schenkte Geneviève ein gepresstes Lächeln und verließ den Pavillon.

Damian hatte ihr versprochen, es würde alles gut. Auf dem Weg zur Unterkunft wiederholte sie den Satz in ihrem Kopf wie ein Mantra.

Bungalow Nummer elf lag im westlichen Bereich der Anlage. Mithilfe des Lageplanes, den Geneviève ihr mitgegeben hatte, fand sie ihn, ohne sich zu verlaufen. Er hieß Playa. Paradoxerweise lagen fünf Wohnreihen zwischen ihm und dem Wasser.

In der Beschreibung stand, dass er über zwei Zimmer verfüge. Dafür sah er recht kleinräumig aus. Die Terrasse mit Sonnendach an der Südseite galt wohl ebenfalls als Wohnraum. Das Häuschen schien verlassen zu sein. Die Läden waren zu.

Marielle steckte den Schlüssel ins Schloss. Die Tür war unverschlossen. Sie sah sich um. Mit Ausnahme der beiden Bungalows, die das Playa flankierten, waren alle anderen belegt. Von einem der Grundstücke auf der anderen Straßenseite drifteten Stimmfetzen zu ihr herüber. Die unverständlichen Gespräche wurden von gelegentlichem schrillem Lachen unterbrochen. Der Geruch von Grillfleisch stieg ihr in die Nase. Das machte ihr bewusst, dass sie bis auf zwei Schokoriegel den ganzen Tag nichts in den Magen bekommen hatte. Trotzdem würde sie jetzt gerade keinen Bissen herunterkriegen.

Hier war nichts, wie es sein sollte. Sie untersuchte das Türschloss. Die Beschläge wiesen Kratzer auf, die frisch aussahen. Hatte jemand sich mit Gewalt Zutritt zum Bungalow verschafft? Hatten Eindringlinge Damian und Silvain überwältigt und verschleppt? Waren die beiden je hier gewesen? Ein flaues Gefühl befiel Marielle, ihre Knie wurden weich. Sie lehnte sich an die Hauswand und fischte die Wasserflasche aus ihrem Rucksack. Dabei ertastete sie die vier Notenbündel, ihre Versicherung. Solange sie das Geld hatte, würde Silvain nichts zustoßen. Anders konnte es nicht sein, durfte es nicht.

Nachdem sie ein paar Schlucke getrunken hatte, überlegte sie die nächsten Schritte. Die Terrasse war erhöht.

Von der Straße führten zwei Stufen hoch. Marielle stand auf und ging davor in die Hocke. Zwischen der ersten und zweiten Stufe bemerkte sie eine Lücke, genug für ihre Zwecke. Sie nahm ihr Telefon, den Hausschlüssel und Geldbeutel aus dem Rucksack. Dann faltete sie ihn zusammen. Sie vergewisserte sich, nicht beobachtet zu werden, bevor sie den Rucksack durch die Lücke schob.

Erschöpft stellte sie sich ans Geländer der Terrasse. Am liebsten hätte sie geschlafen und alles vergessen. Den Bungalow wollte sie nicht betreten. Sie hatte keine Lust auf den stickigen Raum.

Sie atmete ein.

Auf keinen Fall durfte sie jetzt den Mut verlieren. Sie musste stark sein, auch für Silvain, vor allem für ihn.

Langsam atmete sie aus.

Die Hand legte sich aus dem Nichts von hinten auf ihren Mund. Sie roch gleichzeitig erdig-modrig und säuerlich-schweißig, bevor ein anderer, süßlich-schwerer Geruch überhandnahm und ihre Gedanken vernebelte. Der Boden unter ihren Füßen, das Geländer und das Haus lösten sich allmählich auf.

* * *

Der Polizist an der Absperrung dirigierte Friis zu einem freien Abstellplatz im abgesperrten Straßenbereich vor Christine Rochats Haus.

Sie fand Mike Lüthi neben dem Ambulanzfahrzeug des regionalen Spitals Aarberg. Er sprach mit einer älteren Frau in einem Rettungsstuhl. Der Notarzt packte seine Sachen zusammen, bevor er eine Hand fürsorglich auf die Schulter der Patientin legte und sich mit einem Handschlag von Lüthi verabschiedete.

Friis winkte Lüthi zu sich.

»Alles in Ordnung? Wie geht es der Frau?«

»Kein Grund zur Beunruhigung. Sie hatte vorhin einen Schwächeanfall. Der Arzt hat ihr etwas für den Kreislauf gegeben.«

»Der Sohn von Marielle Rochat, ist gesichert, dass er entführt wurde?«

»Sieht so aus, leider. Die Berner Kollegen befragen die Nachbarn und suchen die Gegend ab, bisher ergebnislos.«

Friis sah sich um. »Wo steckt Maja?«

Lüthi deutete auf einen Minibus der Berner Kantonspolizei. »Befragt den Verdächtigen.«

»Was ist mit dem? Ich hörte, du hast auf ihn geschossen. Wie kam es dazu?«

»Es war ein Warnschuss. Ich musste ihn dazu bringen, stehen zu bleiben. Bei der Flucht durch das Kellerfenster hat er sich eine tiefe Schnittwunde am Oberschenkel zugezogen. Er verlor viel Blut.«

»Name?«

Lüthi reichte ihr eine Identitätskarte. Friis erkannte die drei Streifen grün-weiß-rot am unteren Rand der Plastikkarte.

»Italiener«, sagte sie. »Marco di Luca, Jahrgang 1991. Die Karte wurde in Salerno ausgestellt.«

»Deckt sich mit den neapolitanischen Nummernschildern des Autos, das an der Straße gewartet hatte, als wir ankamen.« Lüthi zeigte auf eine markierte Stelle innerhalb der abgesperrten Zone.

Friis gab Lüthi die Karte zurück.

»Meinst du, die hatten den Jungen bei sich im Wagen?«

»Gut möglich, das konnten wir nicht sehen. Frau Rochat sagte aus, die Männer hätten sie gefesselt und den Jungen mitgenommen. Wären wir ein paar Minuten früher da gewesen, hätten wir vielleicht …« Lüthi winkte ab. »Die Berner haben eine Großfahndung eingeleitet.«

Friis sagte nichts. Lüthi war lange genug dabei. Er wusste genau, dass solche Gedankengänge zu nichts führten.

»Wenn die Kerle halbgescheit sind, haben sie das Fahrzeug schon gewechselt«, sagte er. »Das Ganze riecht nach Mafia. Müssen wir Bern informieren?«

»Das hat noch Zeit. Ich will erst wissen, weshalb diese Leute den Sohn einer gewöhnlichen Bürgerin verschleppen. So viel wir wissen, ist weder Marielle noch ihre Mutter vermögend.«

Ein Rettungssanitäter half Frau Rochat aus dem Stuhl. Friis ging zu ihr und stellte sich vor.

Die Ähnlichkeit zwischen der Mutter und Tochter Marielle war nicht zu übersehen. Abgesehen von Haar- und Augenfarbe hatte die ältere Frau ihrer Tochter das schmale Gesicht und den gleichen dünnen, fein geschwungenen Mund vererbt. Aus den Akten wusste Friis, dass sie Marielle mit vierzig auf die Welt gebracht hatte. Im Gegensatz zu heute waren geriatrische Schwangerschaften damals unüblicher als heute. Demnach musste Christine Rochat jetzt Mitte siebzig sein.

Sie wollte Friis und Lüthi ins Haus einladen. Friis lehnte ab.

»Die Spurensicherung ist dort zugange. Setzen wir uns in meinen Wagen.«

»Das Ganze hat mir einen gehörigen Schrecken eingejagt, wissen Sie«, sagte Frau Rochat. Sie hatte sich neben Friis auf den Hintersitz des Dienst-BMW gesetzt. Lüthi hatte auf dem Beifahrersitz Platz genommen.

»Ich weiß nicht, wie es ausgegangen wäre, wären Ihre Kollegen nicht rechtzeitig gekommen, Frau Friis.«

»Wie sind die Männer ins Haus gekommen? Haben Sie sie eingelassen?«

»Wo denken Sie hin? Ich schließe die Haustür immer ab. Das war früher nicht nötig. Aber bei dem Gesindel, das sich heutzutage herumtreibt.«

Friis nickte zustimmend. Sie wollte die Frau reden lassen.

»Ich war im Garten dabei, Unkraut zu jäten. Sie müssen über das offene Feld gekommen sein. Ich wollte sie davonjagen und habe ihnen mit der Polizei gedroht. Sie ließen sich nicht beeindrucken. Dann fesselten sie mich mit diesen Plastikdingern, wie heißen die?«

»Plastikbinder.«

»Genau, einer von ihnen setzte mich aufs Sofa. Er wollte wissen, wo Silvain ist.«

»Ihr Enkel befand sich zu diesem Zeitpunkt wo?«

»Ich habe denen gesagt, er sei im Garten. In Wirklichkeit spielte er in seinem Zimmer. Heute Morgen habe ich noch mit meiner Tochter telefoniert. Marielle meinte, Silvain dürfe nicht draußen sein. Ich fragte, weshalb. Sie sagte, es sei eine Vorsichtsmaßnahme, und dass sie bald kommen wolle, um den Kleinen abzuholen.«

»Wann sind die Männer gekommen?«

»Nach dem Mittag, vielleicht zwischen halb zwei und zwei. Es waren drei.«

»Sie haben ausgesagt, einer sei später zurückgekommen. Was wollte er?«

»Keine Ahnung. Er hat nicht mit mir gesprochen, sondern ist sofort in den oberen Stock gegangen. Er war am Telefon und hat italienisch gesprochen. Ich habe etwas von *documenti* verstanden.«

»Dokumente oder Papiere?«, fragte Friis. »Wieso suchte er die im Zimmer des Jungen? Sie haben keine Ahnung, worum es sich dabei handeln könnte?«

»Nicht den geringsten Schimmer. Im Keller hat er auch gesucht. Kurz darauf tauchten Ihre Kollegen auf.«

Friis wunderte sich, wie nüchtern Frau Rochat die Ereignisse schilderte. Auch darin schienen sich Mutter und Tochter ähnlich zu sein. Beide verfügten über eine gehörige Portion Kaltblütigkeit.

»Sie sind eine mutige Frau. Das Ganze hätte leicht schiefgehen können.«

Frau Rochat schmunzelte. »Ich bin Mitte siebzig. Was soll mir noch groß passieren?«

In dieser Beziehung hatte sie vielleicht nicht mal unrecht. Ihr Alter könnte die Männer davon abgehalten haben, ihr wehzutun. Vielleicht war es ein Rest an Respekt, den Mütter im wertkonservativen Italien genießen.

»Was wollen diese Leute mit Silvain?«, fragte Frau Rochat. »Lösegeld? Wir haben doch nichts.«

»Weshalb brachte Ihre Tochter Silvain hierher?«

»Das wollte ich von ihr auch wissen. Silvain muss diese Woche ja noch zur Schule. Die Ferien fangen erst übernächste Woche an. Marielle meinte, es sei wegen ihres

Ex, und dass Silvain einen Dispens habe. Mehr hat sie nicht gesagt.«

»Haben Sie nach dem Gespräch von heute Morgen mit ihr gesprochen?«

»Sie hat sich seither nicht mehr gemeldet. Ich konnte sie auch nicht mehr erreichen. Muss ich mir Sorgen machen?«

»Dazu besteht im Moment keine Veranlassung«, sagte Friis. »Brachte Ihre Tochter ihren Sohn öfter zu Ihnen und verreiste dann mit unbekanntem Ziel?«

»Hin und wieder. Marielle ist noch jung und genießt das Leben. Zwischendurch geht sie mit Freunden aus. Manchmal fährt sie mit ihnen für ein paar Tage weg.«

»Hatte sie in letzter Zeit Streit oder Probleme mit jemandem in ihrem Umfeld?«, fragte Lüthi.

»Außer ihrem Ex kommt mir niemand in den Sinn. Mit dem hatte sie oft Knatsch.«

»Wie heißt er?«, wollte Friis wissen.

»Damian Terenzi, er ist der Vater von Silvain. Bei den Streitereien mit Marielle ging es jeweils um den Jungen. Damian wollte ihn öfter sehen, was wiederum Marielle nicht passte.«

»Glauben Sie, dass Herr Terenzi in die Entführung verwickelt sein könnte?«

Frau Rochat setzte zu einer Antwort an, besann sich dann eines Besseren.

»Ehrlich gesagt, glaube ich das nicht. Damian ist vielleicht nicht der Zuverlässigste. Geld hat bei ihm die Tendenz, zwischen den Fingern zu zerrinnen. Aber er liebt Silvain von ganzem Herzen. Er könnte ihm nie etwas antun.«

»Können Sie die anderen beiden Männer beschreiben, die Silvain mitgenommen haben?«

Christine Rochat schloss die Augen. »Einer hatte dunkle Haare und einen Schnurrbart, könnte fast der Bruder von dem sein, der mich überfallen hat, nur dass der besser aussah. Der andere war ein grobschlächtiger Kerl, rothaarig mit Vollbart, etwas ungewöhnlich für einen Italiener. Aber dort soll es ja welche geben, die so aussehen, vor allem im Norden.«

»Die beiden waren auch Italiener. Sind Sie sicher?«

»Hundertprozentig, alle drei redeten jedenfalls italienisch.«

Frau Rochat fuhr mit der Hand über die Augen. »Ich frage mich die ganze Zeit, ob ich etwas falsch gemacht habe. Marielle sagt mir aber auch nie etwas. In den letzten Tagen hat sie sich besonders komisch verhalten.«

»Können Sie das konkretisieren? Was heißt komisch?«

»Ich meine, seit sie den Bekannten ihrer Großmutter kennengelernt hat, diesen Amerikaner, Wilkinson und seine Familie.«

»Haben Sie die Wilkinsons auch kennengelernt?«

»Wieso sollte ich? Die wollten nie was von mir wissen. Außerdem war das Jean-Lucs Angelegenheit, ich meine, die meines verstorbenen Mannes.«

»Sie wissen, was während des Krieges in der Normandie geschehen ist?«

»Die Vergewaltigung meiner Schwiegermutter? Jean-Luc hat mir davon erzählt, nachdem wir eine Zeit lang zusammen gewesen waren. Sobald Marielle auf der Welt war, schnitt er das Thema nicht mehr an. Marielle wusste am Ende doch Bescheid, aber hatte sich nie sonderlich dafür interessiert. Bis zu dem Tag, als die Wilkinsons sich bei ihr gemeldet haben.«

Frau Rochat fiel das Sprechen zunehmend schwer. Sie war erschöpft.

»Ich denke, das reicht für den Moment, vielen Dank, Frau Rochat. Sie sollten sich ausruhen.« Friis winkte eine uniformierte Polizistin heran, die in der Nähe wartete. »Die Kollegin kümmert sich um Sie. Wenn Sie wünschen, können wir psychologische Betreuung für Sie anfordern.«

Frau Rochat winkte ab. »Lassen Sie nur. Ich bin einiges gewohnt.«

»Vielleicht ist es besser, wenn Sie heute Abend nicht allein bleiben. Können Sie woanders hin, zu Verwandten oder Bekannten, mindestens für diese Nacht?«

»Lieb von Ihnen, dass Sie sich Sorgen machen. Ich rufe meine Nachbarin an. Die platzt sowieso schon vor Neugierde. Bestimmt lässt sie mich bei ihr schlafen.«

Friis und Lüthi sahen der alten Frau nach, die sich, bei der Polizistin untergehakt, in ihr Haus führen ließ, um ein paar Sachen zu holen.

»Was denkst du?«, fragte Friis.

»Ich mache mir Sorgen, ehrlich gesagt. Die gute Frau wird von Leuten überfallen, die kilometerweit nach Mafia riechen. Ihr Enkelkind wird entführt. Obendrein verschwindet dessen Mutter, unsere wichtigste Bezugsperson im Todesfall Martin Wilkinson. Und was machen wir mit di Luca?«

»Der kommt mit nach Solothurn. Ich kläre das mit dem Kommandanten und den Bernern.«

Friis ließ sich auf das Sofa fallen. Magnus klappte sein Buch zu und griff nach dem Glas, das er sich eingeschenkt hatte. Sie schnappte es ihm weg und trank einen Schluck.

»Wie war dein Tag?«, fragte er.

Friis blies die Wangen auf und ließ geräuschvoll die Luft entweichen.

»So schlimm?«

»Der Fall schafft mich.«

Bevor er wegen seiner Familie in die Schweiz gezogen war, hatte Magnus als Spezialermittler für die dänische Staatsanwaltschaft gearbeitet. Er wusste nur zu gut, dass seine Frau nicht gern mit ihm über ihre Fälle sprach. Nicht allein von Amtes wegen, für Friis hatte ihre Arbeit weder am heimischen Esstisch noch im Ehebett etwas zu suchen. Das Zuhause gehörte ihr und ihrer Familie.

»Ich brauche für ein paar Stunden Abstand von der Sache«, sagte sie.

Die Suche nach Silvain Rochat und seiner Mutter lief auf Hochtouren. In der Schanzmühle war es nicht optimal gelaufen. Bei ihrer Rückkehr hatte bereits ein hochkarätiger Anwalt einer auf Mafiabedürfnisse spezialisierten Zürcher Kanzlei auf sie gewartet. Lüthis Frage, wie di Luca so schnell einen prominenten Rechtsbeistand gefunden hatte, war rhetorischer Natur. Friis hätte lieber gewusst, woher die andere Seite so schnell in Erfahrung bringen konnte, dass di Luca nach Solothurn gebracht worden war.

Doch das waren Nebengefechte. Vermutlich auf Anraten seines Advokaten, den er sich selbst nie hätte leisten können, litt di Luca an plötzlicher akuter Aphonie.

Er hatte den Wink verstanden, den seine Auftraggeber ihm in Gestalt des Rechtsverdrehers gegeben hatten. Rein aus Selbsterhaltungstrieb würde er den Mund halten.

Friis war klar geworden, mit was für Kaliber von Gegenspielern sie es zu tun hatten. Die Frage blieb dieselbe: Warum? Eine Entführung am helllichten Tag war risikobehaftet. Welche Verbindungen hatten Terenzi und Marielle Rochat zur Mafia? Was stand auf dem Spiel, dass sogar ein Kind hineingezogen wurde?

Was übersah Friis gerade?

Magnus legte das Buch beiseite.

»Machst du mir Platz?«

Sie rutschte nach vorne, damit er sich hinter sie setzen konnte. Die Entspannung, die von seinen Händen ausging, breitete sich über Stirn und Nacken in ihrem ganzen Körper aus.

»Wie fühlt es sich an?«, fragte Magnus.

»Unerträglich.« Sie seufzte wohlig. »Ich gebe dir genau eine Stunde Zeit, damit aufzuhören.«

»Kopfschmerzen?«

»Geht so.«

»Soll ich dir eine Tablette holen?«

»Lieber ein Glas Roten.«

»Kommt sofort.«

Er verschwand in der Küche. Sie nahm sein Buch in die Hand.

»Du liest *Die Marschallin*«, sagte sie, als er mit einer Flasche und zwei Gläsern zurückkam.

Friis hatte das Buch gleich nach dessen Erscheinen gelesen. In dem Roman beschrieb Zora del Buono das

Leben ihrer Großmutter in den bewegten ersten Jahrzehnten des 20. Jahrhunderts. Es war eine Mischung aus Fiktion und Biographie.

»Gefällt es dir?«, fragte sie.

Wenn das Buchbändchen korrekt eingelegt war, hatte er ein Drittel des Buches durch.

»Interessante Frau«, sagte Magnus. »Nicht die Einfachste im Umgang. Aber sie wusste, was sie wollte, und ging ihren Weg. Ich muss mehr lesen, bevor ich mich festlege.«

Die Titelheldin hatte Friis gespalten zurückgelassen. Sie hatte deren Mut und Resilienz bewundert. Die Gefühlskälte und die Darstellung der berechnenden Mutter hatten ihr zu denken gegeben. Auf der Arbeit erhielt Friis gemischte Rückmeldungen von ihren Kollegen zu ihrem Führungsstil. Es gab einige, die sie als kaltschnäuzig und auf Distanz bleibend einschätzten.

Als sie und Magnus ein Jahr zusammen waren, hatte sie ihn gefragt, was ihm an ihr gefalle oder störe. Er hatte geantwortet, sie sei ein *acquired taste*, eine, an die man sich gewöhnen musste, um sie später umso mehr zu lieben. Sie hätte mit ihm auf der Stelle Schluss gemacht, hätte er es nicht mit seinem typischen Lächeln gesagt, einer Mischung aus unwiderstehlich und schräg, in das sie sich schon bei ihrer ersten Begegnung verliebt hatte. Nach über fünfzehn Jahren und zwei Kindern war der Beweis erbracht, dass sich erworbene Geschmäcker am längsten hielten.

Sie griff nach dem Glas.

»Wo steckt die Jungmannschaft?«

»Rasmus macht Hausaufgaben in seinem Zimmer.

Linne auch, im Prinzip. Wahrscheinlich liegt sie auf dem Bett und hört Musik.«

Friis setzte das Glas ab.

»Ich sehe mal nach ihnen.«

»Gut, dass sie das nicht gehört hat.«

Sie wandte sich zu ihm um.

»Wer hat was nicht gehört?«

»Linne, das mit der Jungmannschaft. Von wegen inklusiver Sprache und so. Muss bei denen in der Schule gerade *lit* sein.« Magnus malte Anführungszeichen in die Luft.

»Lit?«

»Das heißt cool oder angesagt. Frag Linne.«

»Soll ich jetzt Jungfrauschaft sagen, oder wie?«

»Das dürfte Rasmus dir weniger übel nehmen als deine Tochter, wenn du sie verbal in eine Mannschaft packst. Sonst versuch es mal mit Mann*innenschaft mit Sternchenschluckauf.«

»Mann*innenschaft. Ist das überhaupt ein reguläres Wort?«

»Spielt keine Rolle. Heutzutage wird aus allem ein Wort gemacht, solange es irgendeiner verrückten Ideologie dient.«

Sie beugte sich kichernd zu ihm hinab.

»Sternchenschluckauf, echt? Was würde ich bloß ohne dich tun?«

Er zog sie an sich.

»Dir die Sterne vom Himmel zu holen ist mein Lebensinhalt«, sagte Magnus. »Seit über fünfzehn Jahren.«

6

Die Übelkeit weckte sie. Vielleicht waren es auch die Schmerzen. Es fühlte sich an, als würde man ihr einen Nagel in den Kopf treiben.

Sie lebte, das war die gute Nachricht.

Marielle hatte keine Ahnung, wie lange sie ohne Bewusstsein gewesen war oder wem sie diese Lage verdankte. Ihr letzter Gedanke war bei Silvain gewesen, bevor ihr schwarz vor Augen geworden war.

Durch die geschlossenen Fensterläden drang Tageslicht ins Halbdunkel des Bungalows. War sie die ganze Nacht bewusstlos gewesen?

Sie kämpfte mit Brechreiz, der von einem undefinierbaren, pelzigen Geschmack im Mund verstärkt wurde. Der Knebel hatte ihre Schleimhäute ausgetrocknet. Sie musste das ekelhafte Ding loswerden. Sollte sie sich erbrechen, lief sie Gefahr zu ersticken.

Sie versuchte das Stück Stoff um ihren Mund abzustreifen, indem sie den Kopf hin- und herbewegte. Keine gute Idee. Der explodierende Schmerz in ihrem Frontallappen verstärkte den Brechreiz. Denk an was anderes, bläute sich Marielle innerlich ein. Verdankte sie Damian, hier in der Klemme zu sitzen? Er konnte ein regelrechtes Arschloch sein. Aber sie aus dem Hinterhalt anzugreifen, entsprach nicht seiner Art. Die Hand auf ihrem Mund hatte sich auch nicht wie seine angefühlt. Zudem hatte sie das Geld dabei. Sie hätte es ihm gegeben. Er hatte ihr versprochen, sie danach in Ruhe zu lassen. Das ergab alles keinen Sinn.

Die Tür wurde geöffnet. Marielle saß mit dem Rücken zum Eingang. Soweit es die Schmerzen zuließen, versuchte sie, den Kopf zu wenden.

Dieselbe Hand, die ihr am Vorabend den Lappen auf den Mund gedrückt hatte, hielt sie von hinten fest. Der Knebel wurde entfernt. Bevor sie die Erleichterung darüber auskosten konnte, wurde ihr ein Stoffbeutel über den Kopf gestülpt.

»Keine Sorge, *tesoro*«, sagte eine Männerstimme mit südländischer Klangfärbung. Das war keinesfalls Damian. »Dir passiert nichts, jedenfalls nicht, solange du mir sagst, was ich wissen will.«

* * *

Friis' Assistentin Sue Lienhard war bereits in ihrem Büro und sie selbst spät dran, zum zweiten Mal in Folge.

»Guten Morgen, Sue, sorry, ich hab's wieder mal nicht früher geschafft.«

Sue setzte die Kaffeemaschine in Gang. Ihr kupferfarbener Pferdeschwanz machte einen schwungvollen Schwenker, als sie sich zu Friis umwandte.

»Ist doch kein Problem. Man muss auch mal Mensch sein.«

Bevor Friis über den tieferen Sinn der Antwort nachdenken konnte, zeigte Sue auf die Wand, hinter der Friis' Büro lag.

»Die Staatsanwältin wartet auf dich. Ich mache Kaffee für sie, willst du auch?«

Friis trug die beiden Tassen gleich selbst in ihr Büro. Eine davon stellte sie vor Hannah Wirz hin, die am Besuchertisch saß und mit ihrem Handy beschäftigt war.

»Entschuldige, Hannah, heute Morgen renne ich der Zeit hinterher. Ich wäre auch zu dir in den Franziskanerhof gekommen. Wartest du schon lange?«

»Erst ein paar Minuten. Im Gegensatz zu drüben kann ich hier wenigstens in Ruhe ein paar Mails durchgehen.«

»Drüben«, das war der Franziskanerhof, der Sitz der Solothurner Staatsanwaltschaft. Die ehemalige Klosteranlage aus dem 13. Jahrhundert war Teil des nördlichen Altstadtgürtels. Zwischen ihm und der Schanzmühle, einem Verwaltungskomplex, der neben der Kantonspolizei die Steuerverwaltung, die staatliche Pensionskasse und einen kleinen Supermarkt beherbergte, lag der Stadtpark mit dem Kunstmuseum. Als Friis nach Jahren als Chefermittlerin der Aargauer Kantonspolizei als Kripochefin in Solothurn anfing, erklärte man ihr, dass der Name Schanzmühle auf einen Mühlbetrieb mit Schankwirtschaft in der vorindustriellen Zeit zurückging. Dessen Nähe zur Schanze, der Befestigungsmauer der Stadt, gab ihm den Namen. Das alte Mühlenrad existierte noch heute. Die seit der zweiten Hälfte des 19. Jahrhunderts dort existierende metallverarbeitende Fabrik wurde in den neunziger Jahren stillgelegt. Daraufhin hatte der Kanton das Gelände übernommen und es für den heutigen Nutzungszweck umgestalten lassen.

»Am Nachmittag findet der Haftprüfungstermin für

Marco di Luca statt«, sagte Wirz. »Gibt es neue Erkenntnisse?«

Friis sah auf die Uhr. »Einbruch und Freiheitsberaubung sollten Haftgrund genug sein. Di Luca hat auf meine Leute geschossen. Kommt noch der Verdacht auf Kindesentführung dazu. Außerdem besteht Fluchtgefahr.«

Wirz schürzte die Lippen. »Sein Anwalt ist ein mit allen Wassern gewaschener Winkeladvokat und darauf spezialisiert, Leute wie di Luca zu vertreten. Eine Kollegin von der Basler Staatsanwaltschaft hat mich vor ihm gewarnt. Wir haben keine handfesten Beweise, bis auf Aussagen einer alten Frau und unserer eigenen Leute. Der Anwalt wird es darauf anlegen, di Luca auf Kaution freizubekommen. Du weißt, wie's dann läuft.«

»Er wird untertauchen und sich in seine Heimat absetzen.«

»Es sei denn, die italienischen Kollegen verlangen seine Auslieferung. Di Luca ist in mehreren Provinzen zur Fahndung ausgeschrieben, unter anderem auch in Kampanien.«

»Wegen?«

»Schwerer Körperverletzung in mehreren Fällen und einmal wegen Totschlag, scheint ein Mann fürs Grobe zu sein.«

»Ein Grund mehr, ihn in Gewahrsam zu behalten.«

Es klopfte. Maja Hartmann stand im Türrahmen.

»Störe ich?«

»Im Gegenteil.« Friis winkte sie herein. »Wir hoffen, du bringst gute Nachrichten.«

Hartmann nickte Wirz zu, bevor sie sich setzte und

sich doch noch entschloss, die Staatsanwältin mit einem Händedruck zu grüßen.

Hartmann und Staatsanwältin Wirz. Die eine war die Antithese der anderen. Sie widerlegten die Regel der sich anziehenden Gegensätze. Wenigstens funktionierte die Zusammenarbeit.

»Ich habe mir Damian Terenzis Bankauszüge angeschaut«, sagte Hartmann. »Sieht mau aus. Er hat drei Konten bei derselben Bank, alle bis zur Maximalgrenze überzogen. Mit anderen Worten, der Mann ist pleite. Aufgrund der Kreditkartenauszüge bin ich auf größere Barabhebungen gestoßen, die zwischen einem Monat und fast zwei Jahren zurückliegen. Das Geld ging an ein Online-Casino.«

»Terenzi ist ein Spieler?«, fragte Friis.

»Und was für einer. Meistens hat er vierstellige Beträge verloren.«

Was eine mögliche Erklärung wäre, weshalb Marielle Rochat sich von ihm getrennt hatte. Sie hatte die Reißleine gezogen, bevor sie zur Tilgung seiner Schulden herangezogen werden konnte.

»Terenzis Schulden sind weit höher, als er mit seinen bescheidenen Mitteln je hätte begleichen können«, fuhr Hartmann fort. »Terenzi versuchte, bei der Bank einen Kredit zu bekommen. Ihr könnt euch denken, was die ihm dort gesagt haben.«

»Von wie viel sprechen wir?«, fragte Friis.

»Mit Zinsen nahezu achtzigtausend Franken.« Sie legte ein Dokument auf den Tisch. »Vor drei Wochen hat Marielle Rochat ein Annäherungsverbot gegen Terenzi erwirkt.«

»So was macht man normalerweise nicht, weil jemand Schulden hat«, schaltete sich Wirz ein. »Terenzi muss Marielle Rochat, dem Kind oder beiden gedroht oder sie misshandelt haben. Ist darüber etwas bekannt?«

»Angeblich hatten die beiden eine Auseinandersetzung wegen des Sorgerechts für den Sohn. Eine konkrete Anzeige liegt nicht vor. Bis jetzt hat Terenzi keinen Einspruch gegen die Verfügung eingereicht.«

»Also gut«, sagte Friis. »Terenzi ist in finanziellen Nöten wegen Spielschulden. Er heuert di Luca und seine Kumpane an, seinen Sohn zu entführen, vielleicht auch dessen Mutter.«

»Wozu? Hält er ihren Sohn als Geisel, um sie dazu zu zwingen, für seine Schulden aufzukommen?«, fragte Hartmann.

»Wozu?«, fragte Friis. »Marielle Rochat arbeitet als Lehrerin in Teilzeit. Sie hat kein Geld, jedenfalls nichts, das sie kurzfristig flüssig machen könnte. Ihre Mutter verfügt ebenfalls über keine finanziellen Mittel, hat sie jedenfalls gesagt.«

»Das trifft nicht ganz zu«, sagte Hartmann. »Ich habe mir auch die Finanzen von Christine Rochat angeschaut. Es ist noch Geld aus der Lebensversicherung ihres verstorbenen Mannes, rund vierzigtausend Franken, also die Hälfte des von Terenzi geschuldeten Betrags, da.«

Friis überlegte, weshalb Frau Rochat ihr das verschwiegen hatte. Andererseits hatte sie sie nicht danach gefragt.

»Ich habe da was«, sagte Wirz. Sie entnahm ihrer Mappe eine Akte. »Ein Cousin von Marco di Luca namens Roberto Schiavone betreibt ein Restaurant mit Cateringbetrieb in Nidau bei Biel. Die Bundesanwaltschaft hatte ihn schon mal im Visier. Verdacht auf Geldwäsche und Verstoß gegen das Betäubungsmittelgesetz.«

»Hat er seine Pizzen mit anderem belegt als Tomaten, Mozzarella und Sardellen?«, fragte Hartmann.

»Schiavone bäckt keine Pizzen. Sein Lieferservice ist im oberen Segment der italienischen Küche angesiedelt, mit dem von Frau Hartmann angedeuteten Resultat: Bei einer Razzia wurden bei mehreren Lieferungen merkwürdige Gewürzbeilagen in Pulverform sichergestellt. Mithilfe seines Anwalts konnte sich Schiavone herausreden, indem er den Standpunkt vertrat, seine Mitarbeiter nicht ständig überwachen zu können. Der Anwalt gehört derselben Kanzlei an wie der Herr, der unseren Klienten di Luca vertritt.« Wirz legte das Papier zurück in die Mappe. »Das Verfahren gegen Schiavone wurde mangels Beweisen eingestellt.«

»Schau, schau.« Hartmann schon wieder.

»Noch was zu Schiavone«, sagte Wirz, die Stichelei überhörend. »Drogen sind nicht sein einziges Betätigungsfeld. Man kennt ihn auch als Kredithai.«

»Gibt es ein Foto von diesem Signore«, fragte Friis.

Wirz tippte etwas in ihr Handy. Kurz darauf meldeten Friis' und Hartmanns Handys eine eingehende Nachricht.

Friis betrachtete das Bild.

»Wenn die Beschreibung von Frau Rochat stimmt, ist das der Gutaussehende des Mafia-Trios, das gestern den Jungen verschleppt hat. Kannst du dir das von Frau Rochat bestätigen lassen, Maja?«

Maja quittierte mit einem Daumen hoch.

»Wir kommen der Sache näher«, sagte Friis. »Terenzi wendet sich an Schiavone, damit er ihm hilft, seine Spielschulden zu begleichen. Jetzt will Schiavone sein Geld zurück. Er schickt di Luca und Co., um es einzutreiben. Um seiner Forderung Nachdruck zu verleihen, lässt er Silvain Rochat entführen.«

»Ergibt Sinn«, sagte Hartmann. »Bleibt die Frage, weshalb di Luca in Frau Rochats Haus zurückgekehrt ist, nachdem sie den Jungen schon hatten. Was für Dokumente hat er gesucht?«

»Das erfahren wir, sobald er sich entschließt zu reden«, sagte Friis. »Bis dahin konzentrieren wir uns darauf, Mutter und Kind zu finden, und Terenzi.«

* * *

Marielles Wangen brannten, die Unterlippe blutete. Noch mehr als die Wunden schmerzte die Entwürdigung.

»Ist das alles, was Sie können?«, presste sie hervor. »Eine Frau schlagen?«

»Keine Sorge. Ich fange erst an.«

Der Mann war Südländer, entweder Italiener oder Spanier, ein grober, ungelenker Rotschopf mit Bart und großer Klappe. Seine Schläge schmerzten. Glücklicherweise waren sie nur halbherzig ausgeführt. Der Kerl schien es nicht gewohnt zu sein, seine Fäuste zu benutzen. Trotzdem musste Marielle etwas unternehmen. Je länger sie sich ihm widersetzte, desto mehr stieg seine Frustration. Bald würde er zu brutaleren Mitteln greifen als Ohrfeigen.

»Zum letzten Mal. Entweder sagst du mir, wo das Geld und die Unterlagen sind, oder du wirst zu spüren bekommen, was ich sonst noch draufhabe, eine wie dich zum Reden zu bringen. In welches Loch hat sich Damian mit der Kohle verkrochen?«

»Ich sag's noch mal, ich weiß es nicht. Damian und ich sind getrennt.«

Der nächste Schlag war heftiger als die vorangegangenen. Ein scharfer Schmerz schoss durch Marielles Halswirbel. Der Kerl hatte mit der flachen Hand zugeschlagen, ansonsten hätte er ihr das Jochbein brechen können. Die Wucht hatte sie mitsamt dem Stuhl zur Seite kippen lassen.

Vielleicht war es ein angeborener Reflex, etwas, das man in gewissen Situationen instinktiv richtig macht. Aus einem unerfindlichen Grund hatte der Kerl Marielles Füße nicht zusammengebunden. Stattdessen waren sie mit Klebeband am jeweiligen Stuhlbein befestigt. Der linke berührte den Boden ein wenig mehr als der rechte. Marielle war nach rechts gekippt. Sie lag seitlich auf dem Boden. Der Stuhl war ein schlecht verleimtes Teil mit billiger Plastikpolsterung. Die Verarbeitung war dermaßen schlecht, dass sie sogar für Ikea zu billig war. Für Belastungen wie diesen Sturz war der Stuhl unmöglich geschaffen. Beim Aufprall war das rechte Stuhlbein entzweigebrochen. Marielles Fuß war frei.

Der Mann stieß eine Reihe von Fluchwörtern auf Italienisch aus, Marielle verstand einzig *porca miseria*. In seiner Wut bemerkte der Kerl nicht gleich das gebrochene Stuhlbein. Das war aber nur eine Frage der Zeit.

»Komm hoch!«, herrschte er sie an.

Mit vor Anstrengung und Wut verzerrtem Gesicht beugte er sich vor, um sie aufzurichten. Mit einer blitzschnellen Schnappbewegung kickte Marielle ihm in den Schritt. Schließlich mussten das Krafttraining und der Selbstverteidigungskurs, die sie seit der Trennung von Damian belegte, für etwas gut sein.

Der Mann schrie auf, als der Kick ihn gegen die Wand hinter ihm schleuderte, wo er zusammengekrümmt liegen blieb.

Marielle nutzte das Überraschungsmoment, um sich der Reste des Klebebandes an ihrem rechten Fuß zu entledigen. Bevor der andere sich rühren konnte, war sie auf den Beinen. Sie löste das heilgebliebene Stuhlbein von der Sitzfläche. Es fühlte sich solider an als gedacht.

Der Mann schützte wimmernd seinen Schritt mit beiden Händen.

Marielle baute sich über ihm auf.

»Du schlägst gern Mädchen, was?«

Er hob langsam den Kopf.

Der erste Schlag mit dem Stuhlbein traf ihn an der Wange. Marielle hörte das Knacken, als der Knochen brach. Der Hieb war nicht stark genug gewesen, um ihn auszuknocken. Die Bedeckung seiner malträtierten Genitalien hatte er zugunsten seines Kopfes aufgegeben.

»Wo ist mein Sohn?«

Der Mann schüttelte langsam den Kopf.

Sie holte erneut aus.

»Marie, nicht!«

Eine Hand hielt ihren Arm fest.

Sie fuhr herum.

»Damian?«

Sein für gewöhnlich gelocktes Haar war wirr, schwarze Stoppeln bedeckten Kinn und Wangen. Er sah aus, als hätte er im Freien geschlafen.

Mit der Fassung kehrte die Wut zurück. Bevor er etwas dagegen tun konnte, verpasste sie ihm eine schallende Ohrfeige.

»Was soll das hier? Wolltest du mir eine Falle stellen? Sollte der Kerl mich aus dem Weg räumen? Wo ist Silvain, wohin hast du ihn gebracht?«

Auch Damian war Sportler und Marielle in Größe und Statur überlegen. Dennoch bereitete es ihm Mühe, sie sich vom Leib zu halten.

»Hör auf damit. Ich habe mit dem hier nichts zu tun. Silvain geht es gut, glaube ich jedenfalls.«

»Was heißt, du glaubst?« Ihre Stimme überschlug sich. »Wo ist er?«

»Marie, hör mir zu, bitte. Ich habe mit Silvains Entführung nichts zu tun. Ich weiß erst seit gestern Nacht, was mit ihm ist.«

»Wer hat mir dann die Nachrichten geschickt, und die Schnapsidee mit der Bootsfahrt und der Biketour hierher, von wem ist die? Und was war mit dieser blödsinnigen Drohne?«

Damian hielt sie an beiden Schultern fest. »Ich habe keine Ahnung, wovon du sprichst. Ich habe auch Nachrichten bekommen und gedacht, sie seien von dir. Ich sollte heute Morgen hierherkommen, wenn ich dich und Silvain wiedersehen wolle. Es hieß, du hättest das Geld dabei.«

»Klar habe ich das Geld.«

Er wollte Marielle umarmen. Sie stieß ihn von sich weg.

Damian deutete auf den Mann. »Was ist mit dem?«

»Keine Ahnung, er hat bekommen, was er verdient. Damit dürfte die andere Seite nicht gerechnet haben. Das verschafft uns vielleicht einen Vorteil.« Marielle packte Damian am Arm. »Hör zu, wir machen jetzt Folgendes.«

* * *

Friis betrat Hartmanns Büro.

»Weißt du, wo Mike steckt?«

Hartmann löste ihren Blick vom Computerbildschirm.

»Er koordiniert die Suche nach Silvain Rochat.«

»Stimmt.« Friis hatte vergessen, dass sie das am Vorabend vereinbart hatten.

»Hast du einen Moment, Katrin? Ich da bin auf etwas gestoßen«, sagte Hartmann.

»Ich wollte noch mal die Wilkinsons sprechen. Aber das kann warten.«

»Das trifft sich gut. Besser, du weißt es, bevor du mit denen redest.«

»Du machst mich neugierig.«

»Ich habe zusammengetragen, was ich im Netz über die Wilkinsons finden konnte.« Hartmann drückte Friis einen Stapel ausgedruckter Papiere in die Hand.

Friis sah sie über den Rand ihrer Lesebrille an.

»Soll ich das alles lesen?«

»Wenn du willst. Als Bettlektüre vielleicht ganz unterhaltsam. Ich könnte dir eine Zusammenfassung anbieten, mündlich natürlich.«

»Dankend angenommen, so kurz wie möglich, bitte.«

»Donna Wilkinson ist eine geborene Lamotta.«

»Lamotta?« Friis setzte sich auf den Stuhl gegenüber von Hartmann und blätterte durch den Stapel. »Wie in Joe Lamotta, Wilkinsons Kriegskamerad, der Vergewaltiger von Jacqueline Rochat?«

»Donna ist seine Enkelin. Kurz bevor er sich den US-Streitkräften anschloss, hatte Joe Lamotta seine damalige Verlobte geheiratet, weil sie schwanger war. Sein Sohn ist Ende 1944 geboren. Dessen Tochter Donna ist Jahrgang 1968.«

Das kam altersmäßig hin. Laut Reisepass war Donna Wilkinson sechsundfünfzig Jahre alt.

»Nachdem er aus Europa zurückgekehrt war, kümmerten sich die Wilkinsons um Joes Familie.«

»Das heißt, Martins Familie hat sie finanziell unterstützt, so wie Jacqueline Rochat?«

»War wohl ein Klacks für die. Joe Lamottas Hinterbliebene bekamen eine monatliche Rente. Den Betrag konnte ich bisher nicht herausfinden. Das ermöglichte Donna Lamotta, das beste private College zu besuchen. Dort hat sie sich mit Bart angefreundet und sich später offenbar in ihn verliebt und so weiter.«

»Kinder?«

»Fehlanzeige.«

Friis überlegte laut. »Das heißt …«

»… dass Marielle Rochat Donnas Nichte ist«, beendete Hartmann den Satz.

Was bedeutete das für Marielle Rochat und ihre Rolle in einer Familie, die über eines der größten Vermögen Amerikas verfügte? Inwiefern könnte das für Martin Wilkinsons Tod relevant sein?

»Was hast du über die Lamottas noch herausgefunden?«

»Donnas Großvater Giacomo war gelernter Konditor. Jahre vor dem Ersten Weltkrieg wanderte er von Sizilien in die Staaten aus. 1921 heiratete er die älteste Tochter eines der mächtigsten Clanchefs der New Jersey Cosa Nostra.«

»Er hat die Tochter eines Dons bekommen? Als einfacher Zuckerbäcker? Wen musste er dafür umbringen?«

Hartmann hob die Schultern. »Dazu bin ich nicht fündig geworden, jedenfalls nicht direkt. Es wurde spekuliert, Giacomo sei als ›Soldat‹ angeheuert worden, wie viele Immigranten zu dieser Zeit. Schutzgelder für die Bosse eintreiben und Leute einschüchtern, die sich den Regeln der ehrenwerten Gesellschaft nicht unterwerfen wollten, solche Dinge.«

»Dabei muss er sich aber äußerst verdient gemacht haben.«

»Ja, und zwar dermaßen, dass ihn sein zukünftiger Schwiegervater zum *consigliere,* also zu seiner rechten Hand machte. Dabei dürfte eine Rolle gespielt haben, dass Giacomos Schwiegervater nur Töchter hatte. Als dessen Nachfolger expandierte Giacomo von New Jersey nach New York City. Dort wurde er bald zu einem der mächtigsten Bosse. Ab dann änderte er seinen Vornamen von Giacomo zu Jack.«

»Wie kam die Verbindung mit Martin Wilkinson zustande?«

»Nach der Abschaffung der Prohibition 1933 diversifizierte Jack nach und nach in legitime Geschäfte. Auf dieser Schiene lernten er und Ronald Wilkinson, Martins Vater, sich kennen. Deren beider Söhne Martin und Joe besuchten dieselben Schulen und zogen gemeinsam gegen die Nazis in den Krieg.«

»Stellte die Verbindung zu einer Mafiafamilie keine Hypothek für die Wilkinsons dar?«

»Habe ich mich auch gefragt«, antwortete Hartmann. »Die Cosa Nostra unterstützte kräftig die amerikanischen Kriegsanstrengungen gegen Nazi-Deutschland. Die erfolgreiche Landung der Alliierten auf Sizilien 1943 wurde größtenteils dank Verbindungen mit der lokalen Mafia möglich. Im Gegenzug kamen die amerikanischen Bosse in den Genuss von Privilegien wie Immunität oder Straferlass. Einige von ihnen belegten Positionen in der US-Regierung, oder sie wurden sogar in den Kongress gewählt. Dürfte wohl heute noch der Fall sein. Würde mich jedenfalls nicht wundern, wenn ich mir die komischen Typen ansehe, die dort Präsident werden können.«

»Bei uns ist es besser, denkst du?«

»Ja, aber nur wenig, wenn ich an unsere angeblichen Volksvertreter denke, die bei Finanz- oder Pharmakonzernen und den Krankenkassen et cetera auf der Gehaltsliste stehen.«

»Du meinst Lobbyvertreter?«

»Lobby?« Hartmann schnaubte. »Eher die legitimierte helvetische Version der Mafia.«

Friis unterdrückte ein Schmunzeln. »Der Unterschied liegt in der Arbeitsmethode, Maja. Zurück zu den Wilkinsons: Warum kümmerten sie sich um Joes Witwe und ihre Tochter? Die Lamottas müssten selbst vermögend genug gewesen sein.«

»Nach dem Tod ihres Mannes brach Donnas Mutter

mit ihrer Familie. Stattdessen nahm sie gern die Hilfe der Wilkinsons in Anspruch. Die sorgten auch dafür, dass Mutter und Tochter Lamotta bis auf ein paar Anspielungen in den übelsten Schmierblättern nicht mit dem Clan in Verbindung gebracht wurden. Nach der Heirat mit Bart Wilkinson und dem damit verbundenen Namenswechsel dürfte ihre Herkunft vollständig in Vergessenheit geraten sein.«

»Was ist mit den anderen Lamottas, sind sie noch Teil der Cosa Nostra?«

»Sieht so aus. Auf beiden Seiten des Atlantiks. Menschenhandel, Baubranche, gepanschte Weine und Olivenöl. Die haben ziemlich überall die Finger drin, wo Geld zu holen ist.«

»Glücksspiel?«, fragte Friis.

»Wegen Terenzis Spielschulden, meinst du?«

»Und in Bezug auf unseren Gast im Keller.«

Hartmann schnalzte mit der Zunge. »Di Luca ist Neapolitaner. Er gehört nicht zur *famiglia*. Hingegen ist sein Boss Schiavone ein entfernter Verwandter der Lamottas. Marielle Rochats Ex hat bei ihm einen Kredit aufgenommen, wahrscheinlich zu Wucherzinsen. Damit beglich er seine Spielschulden.«

»Womit wir eine Verbindung zwischen den Wilkinsons und der Entführung hätten«, sagte Friis.

»Ein allfälliger Zusammenhang zwischen Martin Wilkinsons Tod und dem Verschwinden von Marielle Rochat und ihrem Sohn bleibt nachzuweisen.«

»Könnte sich lohnen, nachzuhaken. Ist der obskure Inhalator inzwischen aufgetaucht?«

»Das Hotelzimmer wurde von uns noch mal gründlich

durchsucht. Ohne Ergebnis. Das Teil ist wahrscheinlich in der Aare gelandet.«

* * *

Kaum war Friis zu Fuß vom Zeughausplatz in die Hauptgasse eingebogen, fuhr vom Kronenplatz her ein dunkelblauer Toyota SUV an ihr vorbei auf das bullige Baseltor zu.

Für den Bruchteil einer Sekunde bekam sie den Fahrer zu Gesicht. Bart Wilkinson, den sie vor zwei Tagen kurz auf der Stadt Solothurn gesehen hatte. Die Person auf dem Beifahrersitz wurde vom Fahrer teilweise verdeckt. Friis erkannte Donnas Pagenfrisur.

Das Auto fuhr mit Waadtländer Kontrollschild. Der Löwenanteil in der Schweiz zugelassener Mietwagen war entweder im Kanton Appenzell Innerrhoden oder in der Waadt registriert. Die Wilkinsons waren per Privatjet aus Frankreich angereist. Für die Zeit ihres Aufenthaltes in Solothurn hatten sie eine Limousine mit Fahrer gechartert. Weshalb also kurvten Bart und Donna Wilkinson nun selbst mit einem Mittelklassemietwagen in der Gegend herum?

An der Hotelrezeption erfuhr Friis, dass die beiden für zwei Tage verreist seien. Das Zimmer laufe weiter, hieß es.

»Ist Frau Scarlett Wilkinson da?«, fragte Friis.

Das war der Fall. Sie wartete bei einem Glas Tonic auf der sonnenüberfluteten Terrasse der Bar. Für Kaffee war es inzwischen zu warm geworden.

Im Gegensatz zu Donna, die Farben bevorzugte, trug

Scarlett seit dem Tod ihres Bruders Schwarz, einen Einteiler, dessen Saum eine Handbreit unter den Knien lag. Hatte sie das Kleid mitgebracht oder aus gegebenem Anlass hier gekauft?

»Ich bin etwas erstaunt«, sagte Friis, nachdem der Kellner Scarlett ein Glas Rotwein gebracht hatte.

Scarlett zog die Augenbrauen hoch.

»Ich glaubte, mich deutlich genug ausgedrückt zu haben, als ich Sie alle bat, Solothurn nicht zu verlassen. Wohin sind Ihr Neffe und seine Frau gefahren?«

»Einzelheiten haben sie mir keine verraten. Es war davon die Rede, sich Neuchâtel anzusehen und dort zu übernachten. Morgen soll es zum Murtensee gehen. Nach unserer Ankunft vor drei Tagen hatte Marielle ihnen empfohlen, sich das Städtchen Murten anzusehen. Möglicherweise machen Bart und Donna nachher noch einen Abstecher nach Bern. Die beiden waren der Ansicht, sie hätte Ihnen alles gesagt, was sie wissen.«

»Das entscheiden in der Regel wir«, sagte Friis. »Es tauchen ständig neue Fragen auf.«

Scarlett setzte das Glas ab.

»Ich bin nicht sicher, ob ich verstehe, was Sie meinen.«

»Es haben sich neue Sachverhalte in Bezug auf den Tod Ihres Bruders ergeben.«

»Ich helfe Ihnen gern weiter, so gut ich kann. Sowohl Bart und Donna als auch mir liegt eine rasche Aufklärung am Herzen.«

»Erzählen Sie mir noch mal, wann Sie zuletzt mit Marielle Rochat gesprochen haben.«

»Mit Marielle? Mein Gott, das war vorgestern, kurz vor dem tragischen Vorfall auf dem Schiff. Danach wurden wir ja getrennt vernommen. Marielle ging dann gleich nach Hause.«

»Seither haben Sie sie weder gesehen noch mit ihr kommuniziert, am Telefon, oder Nachrichten ausgetauscht?«

»Ganz bestimmt haben wir nicht miteinander telefoniert. Und Nachrichten …« Scarlett nahm ihr Handy hervor. Sie ging mehrere Applikationen durch.

»Tut mir leid. Die letzte Nachricht von Marielle habe ich am Abend vor dem Ausflug auf dem Schiff bekommen. Sie schrieb, dass sie sich für das Abendessen etwas verspäten würde. Weshalb fragen Sie?«

»Sie wird seit gestern Morgen vermisst. Ihr Sohn Silvain ist ebenfalls verschwunden.«

»Marielle hat erzählt, dass sie einen Sohn hat. Ist er denn nicht mit seiner Mutter zusammen?«

»Wir wissen es nicht, gehen aber davon aus, dass das nicht der Fall ist. Kennen Sie dessen Vater?«

»Silvains? Ich wusste nicht, dass einer existiert.«

»Sein Name ist Damian Terenzi. Er und Marielle Rochat leben getrennt.«

»Marielle hat ihn nie erwähnt.«

»Dass er in finanziellen Nöten steckt, hat sie Ihnen also auch nicht gesagt?«

»Weshalb sollte sie? Kann sein, dass sie mit Martin darüber gesprochen hat. Die beiden haben am Vorabend des Ausflugs längere Zeit unter vier Augen miteinander geredet.«

»Wissen Sie, worum es dabei ging?«

»Auch da kann ich Ihnen leider nicht weiterhelfen.« Scarlett runzelte die Stirn und schürzte den Mund. »Es ist allerdings möglich, dass Geld ein Thema war.«

»Wie kommen Sie darauf?«

»Ich kümmere mich um Martins Finanzen, laufende Rechnungen, die Löhne unserer Hausangestellten und all das. Ich sehe alle Bankauszüge, auch online. Bevor wir aufs Schiff gingen, hat Martin Marielle Geld überwiesen.«

»Wie viel?«

»Umgerechnet etwa achtzigtausend Schweizer Franken. Die Auszahlungsbestätigung kam auf mein Handy.«

»Ein stattlicher Betrag. Haben Sie Ihren Bruder darauf angesprochen?«

»Dazu hatte ich keine Veranlassung. Martin war durchaus in der Lage, vernünftig mit Geld umzugehen. Ich vermutete, Marielle hatte ihn darum gebeten. Als Lehrerin in Teilzeit und vor allem als alleinerziehende Mutter dürfte ihr Lohn selbst für hiesige Verhältnisse nicht üppig sein. Dieser Mr. Terenzi scheint ja nicht in der Lage zu sein, für den Unterhalt des Kindes aufzukommen.«

»Marielle hat nie Spielschulden ihres Ex erwähnt?«

»Spielschulden?« Scarlett schüttelte den Kopf. »Zu erstaunen vermag mich das nicht. Die Regel, dass Frauen für die Fehlbarkeiten ihrer Männer geradestehen müssen, dürfte so alt sein wie die Welt.«

Friis war nicht klar, wie sie das meinte, was Scarlett nicht entging.

»Ich bin keine alte Jungfer, Major.«

Das hätte Friis ihr als Letztes unterstellt.

»Es klang so, als hätten Sie Erfahrungen in dieser Hinsicht.«

Scarlett wandte ihren Blick von Friis ab. Für einen Moment schien sie weit weg zu sein. »Es ist Ewigkeiten her«, sagte sie schließlich. »Wenn ich solche Geschichten höre, kommt es manchmal wieder hoch. Damals war ich hoffnungslos verliebt, aber nicht so, wie Sie denken.«

Friis konnte es sich sehr wohl denken.

»Eine Frau?«

»Es passierte nach dem Tod meines Mannes. Damals wurde in den Staaten Sex zwischen Frauen noch mehr geächtet als zwischen Männern. Wenn ich es mir richtig überlege, ist es noch heute der Fall. Die gegenwärtige Diskussion über die Reproduktionsrechte zeigt, was für eine frauenfeindliche Gesellschaft die Vereinigten Staaten geblieben sind. Viele Männer sehen lesbische Frauen als Bedrohung an. Hat wohl etwas mit der uralten angeborenen Kastrationsangst des männlichen Geschlechts zu tun.«

Scarlett merkte selbst, dass sie sich in Rage redete. »Vergeben Sie mir, Major, manchmal gehen die Pferde mit mir durch.«

»Schon gut, ich verstehe«, sagte Friis und meinte es ernst. »Bitte, erzählen Sie.«

»Sie hieß Hedda. Lange Zeit lebten wir unsere Liebe heimlich. Bis ich einen Fehler gemacht habe und dann ...« Scarlett räusperte sich.

»Was ist passiert? Mussten Sie sich trennen oder ...«

»Ich ... wir wurden verraten. Hedda hat es nicht überlebt. Mehr möchte ich dazu nicht sagen.«

»Selbstverständlich, tut mir leid, ich wollte Ihnen nicht zu nahe treten. Aber ich habe eine andere Frage in Bezug auf die Vergangenheit.«

»Was möchten Sie wissen?«

»Es geht um Donna. Bei unseren Ermittlungen stellte

sich heraus, dass ihre Familie mit der organisierten Kriminalität in Verbindung steht.«

»Sie meinen die Cosa Nostra? Das ist nun wirklich kein Geheimnis. Vor Jahren wurde es eine Zeit lang in der Regenbogenpresse breitgetreten. Unsere Väter waren eng befreundet. Diese Kontakte waren der US-Regierung nützlich, um sich ab 1943 die Unterstützung der Cosa Nostra bei der Befreiung Italiens vom Faschismus zu sichern.«

»War Joe Lamotta aktives Mitglied der Cosa Nostra?«

»Das kann ich Ihnen nicht sagen. Joe war kaum zwanzig, als er in der Normandie fiel. Alle Lamotta-Männer waren damals Teil der *famigilia*. Donna kann Ihnen wahrscheinlich mehr dazu sagen.«

»Sind Ihnen Verbindungen der Lamottas in die Schweiz bekannt?«

Scarlett leerte ihr Glas. »Da bin ich nun wirklich überfragt. Ich kann Ihnen versichern, dass weder ich noch Donna oder Bart Beziehungen zum organisierten Verbrechen unterhalten. Das galt auch für Martin.«

Scarlett stand auf.

Das Gespräch war beendet. Friis erhob sich ebenfalls und gab ihr die Hand. »Richten Sie Donna und Ihrem Neffen bitte aus, dass ich sie sprechen muss.«

Auf dem Rückweg zur Schanzmühle vibrierte Friis' Handy. Die Zentrale wurde als Anrufer angezeigt.

»Da ist jemand in der Leitung, der nur mit Ihnen sprechen will, Frau Friis.«

»Wer ist es?«

»Sie sagte ihren Namen nicht, erwähnte aber, es gehe um Leben und Tod.«

Friis nahm den Anruf entgegen.

»Frau Friis?« Die Stimme am anderen Ende klang erleichtert. »Ich brauche Ihre Hilfe.«

* * *

Für die Fahrt von Solothurn nach Sugiez benötigten sie knapp eine Stunde. Friis war am Steuer, während Lüthi mit den Kollegen der Freiburger Kantonspolizei telefonierte. Sie hatte ihn von der Suchaktion nach Silvain Rochat abgezogen.

Er legte auf, nachdem er sich in französischer Sprache von einer Person namens Charlie verabschiedet hatte.

»Wer ist Charlie? Es hörte sich an, als würdet ihr euch gut kennen«, sagte Friis.

»Charlotte Ansermet. Wir lernten uns während einer Instruktoren-Weiterbildung im Polizeiinstitut Neuenburg kennen. Charlie arbeitete damals bei der Gendarmerie in Granges-Paccot. Nach der Geburt ihres Kindes vor einem Jahr ließ sie sich als Postenchefin nach Murten versetzen. Sie hat eine Patrouille zum Campingplatz in Sugiez in Marsch gesetzt. Ein Rettungswagen für den Verletzten ist auch unterwegs.«

Eine ganze Weile verlief die Fahrt ohne Worte. Lüthi war nicht glücklich gewesen, von der Suche nach dem Jungen wegbeordert zu werden. Das hatte er sie in klaren Worten wissen lassen. Sie verstand, dass es ihm naheging, dass quasi vor seinen Augen ein Kind entführt worden war. Doch darum kümmerte sich im Moment die Berner Polizei, die über mehr Ressourcen verfügte als die Solothurner. Friis brauchte Lüthi, um die Spur zu verfolgen, die Marielle Rochat mit ihrem Anruf gelegt hatte. Die Vermutung lag nahe, dass die Frau den Schlüssel zur Aufklärung des Falles in der Hand hatte. Oder aber sie spielte ein Spiel mit ihnen, allein oder mithilfe der Wilkinsons.

»Wo sind wir hier?«, fragte sie, hoffend, das Schweigen zu brechen. »Kanton Bern oder Freiburg? In dieser Ecke fällt mir die Orientierung schwer.«

»Ist auch etwas kompliziert. Demnächst kommen wir nach Sugiez. Das gehört zur Gemeinde Mont-Vully, Kanton Freiburg. Die Nachbargemeinde Cudrefin befindet sich in der Waadt. Die Gegend um den Mont Vully und entlang des südöstlichen Ufers des Neuenburgersees ist ein Flickenteppich aus Waadtländer und Freiburger Exklaven. Ein paar Flecken um den Murtensee herum gehören zu Bern.«

»Aber alle sind französischsprachig, oder nicht?«

»Der Freiburger Seebezirk, zu dem Murten und die Gemeinde Mont-Vully gehören, ist zweisprachig. Gegen Bern hin, im Sensebezirk, wird deutsch gesprochen. Die Stadt Freiburg ist zu drei Vierteln frankophon. Kurz: Du kannst hier reden, wie dir der Schnabel gewachsen ist, irgendwer versteht dich immer.«

»Beruhigend«, sagte Friis. Mit Englisch und Dänisch kam sie klar. Ihr Schulfranzösisch war dagegen eher holprig.

»Ist gesichert, dass Marielle Rochat den Mann, der sie angegriffen hat, schwer verletzt im Camping 3 Lacs zurückgelassen hat?«, fragte Lüthi.

»So hat sie es mir gesagt, ja.«

»Das ist unterlassene Hilfeleistung.«

»Schauen wir mal, vielleicht war es Notwehr. Der Mann soll sie bedroht haben. Am Telefon klang sie, als hätte sie um ihr Leben fürchten müssen. Dass sie so schnell wie möglich von da wegwollte, ist nachvollziehbar. Aber das dürfte ihre kleinste Sorge sein.«

»Kaufst du ihr ab, dass sie sich einfach so befreien konnte und ihm eins über den Schädel gezogen hat?«

Friis sah Lüthi von der Seite an. »Was ist los, Mike? Traust du einer Frau nicht zu, sich wehren zu können?«

Lüthi schnaubte.

»Sag schon, was hast du auf dem Herzen?«, insistierte Friis.

»Was ich auf dem Herzen habe? Seit zwei Tagen tanzt uns die Rochat auf der Nase herum. Sie hat gerade so viel zugegeben, wie wir ihr nachweisen konnten. Wer sagt, dass sie uns jetzt nicht wieder aufs Glatteis führt? Glaubst du wirklich, dass Martin Wilkinsons ihr achtzig Lappen hingeblättert hat, damit sie ihren Ex von seinen Spielschulden freikaufen kann?«

»Tatsache ist, dass er ihr das Geld gegeben hat. Seine Schwester hat mir die Überweisung gezeigt. Achtzigtausend Franken sind für die Wilkinson etwa das Gleiche wie die Zehnernote, die du einem Bettler auf dem Amthausplatz in Solothurn in die Hand drückst.«

»Ich gebe nie zehn Franken auf einmal, höchstens ein Fünffrankenstück. Schließlich bin ich nur ein armer Staatsdiener. Wo genau treffen wir Marielle Rochat, beim Campingplatz?«

Friis blickte auf ihr Handy. »Dort ist es ihr zu unsicher. Sie schickt mir ihre Koordinaten per SMS. Bis dahin schauen wir uns erst mal diesen Bungalow an.«

Lüthi verfiel erneut in Schweigen. Im Gegensatz zu seiner Kollegin Maja Hartmann, die alle und jeden wissen ließ, was genau ihr weswegen gerade nicht in den Kram passte, war er reservierter. In Friis' Augen war er ein guter Ermittler. Bisher hatte sie das Gefühl gehabt, dass er sich ihr gegenüber distanziert verhielt. Sie hoffte, dass dieser Fall etwas mehr kollegiale Nähe zwischen ihnen schaffen würde.

Sie passierten das zweisprachige Schild Freiburgerland / Pays de Fribourg.

»Demnächst müssen wir rechts abbiegen«, sagte Friis.

»Versuch's mal da vorne.« Lüthi zeigte auf einen ersten Wegweiser mit dem Zeltsymbol kurz vor dem Ortseingang von Sugiez. Sie folgten den weiteren, bis sie zum Broye-Kanal kamen. Dort bogen sie erneut rechts ab und folgten dem Wasserlauf bis zum Campingplatz.

Eine uniformierte Polizistin erwartete sie am Eingang. Lüthi umarmte die fast zwei Köpfe kleinere, untersetzte Frau.

»Charlie, das ist meine Chefin, Major Friis«, sagte Lüthi. »Katrin, Adjutant Charlotte Ansermet.«

Diese deutete einen militärischen Gruß an. *»Ravie de faire votre connaissance, major.«*

»Freut mich ebenfalls, Adjutant.« Da Friis in Zivil war, schüttelte sie ihr die Hand. Die gut zehn Jahre jüngere Frau vermittelte den Eindruck eines Energiebündels.

»Ist es okay, wenn …«, begann Friis unsicher.

»Sie können ruhig deutsch mit mir reden«, sagte Ansermet in nahezu akzentfreiem Schweizerdeutsch. »Mein Partner ist Sensler.« Sie erwiderte Friis' Händedruck. »Charlie.«

»Katrin«, erwiderte Friis etwas erstaunt über das Vorpreschen. Normalerweise bot die ranghöhere Kollegin das Du an.

Ansermet zeigte kanalabwärts. »Der Bungalow liegt da vorne. Ich fahre mit euch hin.«

Bei ihrer Ankunft schoben Sanitäter gerade einen Mann auf einer Bahre in eine Ambulanz. Er entsprach Marielle Rochats Beschreibung.

»Eure Zeugin hat ihn ganz schön zugerichtet«, sagte Ansermet. Sie wandte sich an einen der Sanitäter. »Wie geht es ihm?«

»Schwere Gehirnerschütterung, Wangenknochenfraktur, eine Prellung am Arm, keine inneren Blutungen. Der wird wieder.«

»Ist er ansprechbar?«, fragte Friis.

Der Sanitäter zuckte mit den Achseln. »Er ist etwas groggy von den Schmerzmitteln, versuchen Sie's.«

Friis trat an die Bahre und stellte sich vor. Der Mann starrte sie aus dem nicht zugeschwollenen Auge an.

»Wie heißen Sie, und was wollten Sie von Frau Rochat?«

Der Mann hob die Hand zur Faust. Dann streckte er langsam den Mittelfinger in die Höhe. *»Fuck you!«*

»Danke, ich verzichte«, sagte Friis. »Sie haben die Frau im Bungalow misshandelt. Es wäre besser für Sie, wenn Sie mit uns kooperieren und Ihre Auftraggeber nennen.«

»Anwalt«, krächzte er und schloss das heile Auge.

»Wie Sie wünschen.« Friis trat von der Bahre weg und nickte dem Sanitäter zu. »Wo bringen Sie ihn hin?«

»Spital Meyriez, Murten.«

»Ich veranlasse, dass der Mann bewacht wird«, sagte

Ansermet. Sie zeigte auf sein lädiertes Gesicht. »Wenn die Frau, die ihr sucht, das angerichtet hat, ist mit ihr nicht gut Kirschen essen. Es gibt keine Zeugen. Sogar ein halbwegs begabter Jurastudent im ersten Semester wird die Sache so hinbiegen können, dass Frau Rochat ihn zuerst angegriffen hat.«

Friis sah es ebenso, aber sie mussten mit dem arbeiten, was sie hatten. Sie hoffte inständig, Marielle Rochat würde sich bald melden.

»Schauen wir mal«, sagte sie.

Lüthi kam zu ihnen. Er hielt einen Autoschlüssel in die Höhe. »Der gehört zum Wagen des Mannes. Das Autokennzeichen steht auf dem Schlüsselanhänger. Mietwagen mit Appenzeller Zulassung. Maja erfragt bei der Verleihfirma den Namen des Mieters.«

»Hast du im Bungalow was gefunden?«, fragte Friis.

»Außer einem Durcheinander nichts Nennenswertes.« Er zeigte auf den Rettungswagen, der wegfuhr. »Marielle Rochat hat den Kerl ganz schön zugerichtet.«

»Ja, danke, ist mir auch aufgefallen«, sagte Friis. Warum hielten sich alle daran auf, dass eine Frau diesem Mann den Meister gezeigt hat? Ihr Handy gab einen Signalton von sich. Sie überflog die Nachricht. Ihr Herz wurde leichter. »Marielle Rochat will mich treffen. Allein.«

»Kommt nicht infrage«, sagte Lüthi. »Du hast gesehen, wozu sie fähig ist. Ich komme mit.«

»Danke, Mike, aber das wird nicht nötig sein. Marielle Rochat wird mir nicht gefährlich. Sie will, dass wir ihr helfen, ihren Sohn zu finden. Ich habe ihr versprochen, sie anzuhören, allein.« Sie zeigte Ansermet die Nachricht mit den Koordinaten des Treffpunkts. »Weißt du, wo das ist?«

»Klar, da drüben.« Ansermet deutete auf den Waldrücken des Mont Vully auf der anderen Seite des Kanals. »Dort oben liegt ein Aussichtspunkt. Von da ist es nicht weit zum Treffpunkt. Eine Patrouille fährt dich hin.«

»Nein, ich gehe allein hin.«

»Katrin …«, setzte Lüthi an.

Friis' erhobene Hand schnitt ihm das Wort ab. »Du bleibst mit Solothurn in Verbindung. Sie sollen die Identität des Mannes in der Ambulanz herausfinden. Und das La Couronne muss observiert werden. Ich will wissen, ob und wenn ja, wann Scarlett Wilkinson etwas unternimmt. Ferner wäre es interessant zu erfahren, wo sich Donna und Bart aufhalten.«

»Du glaubst wirklich, sie haben etwas mit dem zu tun, was hier passiert ist?«

»Ich weiß gerade nicht, was ich glauben soll. Je mehr Informationen wir bekommen können, umso besser sind wir gegen Überraschungen gewappnet.«

»Ein Streifenwagen wird dich eskortieren«, sagte Ansermet. »Meine Zuständigkeit, meine Regeln«, fügte sie hinzu, bevor Friis widersprechen konnte. »Die Kollegen werden in sicherem Abstand warten, aber nahe genug, um einzugreifen, falls nötig.«

Friis wusste, wann Widerstand zwecklos war. »Also gut.« Sie zog das Holster mit der Dienstwaffe aus der Umhängetasche und befestigte es am Gurt ihrer Anzugshose.

»Warte«, sagte Ansermet. »Du hast gerade den Namen Bart Wilkinson erwähnt, Katrin.«

»Ja, und?«

Ansermet zog einen Notizblock aus der Kartentasche ihrer Uniformhose. »Ich habe mich bei der Platzleitung nach dem Namen des Mieters des Bungalows erkundigt.« Sie blätterte in ihrem Büchlein. »Die Reservation wurde von einer Firma Swiss Leisure Agency in Zürich gemacht.«

* * *

Mit sechshundertfünfzig Metern Meereshöhe war der Mont Vully eher ein Hügel als ein Berg. Umso bedeutender war er seit Urzeiten für die Sicherheit der Orte und Menschen, die in seiner Umgebung lebten. Schon bevor Gaius Julius Caesar die keltischen Stämme des Orgetorix bei Bibracte besiegte und zur Rückkehr in ihre helvetische Heimat zwang, bestand auf dem Hügel ein Oppidum, eine befestigte Siedlung. Auch die alten Eidgenossen nutzten die strategische Lage der Anhöhe zwischen den drei Seen für militärische Zwecke. Die mächtige Stadtrepublik Bern installierte dort ein Warnfeuer als Teil eines Frühwarnsystems. Im Ersten Weltkrieg errichtete die Armee eine Festung mit Artillerie und Infanterietruppen. Das hatte Friis erfahren, als sie Rasmus bei der Vorbereitung eines Referats in Geschichte half. Dass der Mont Vully für seine Weine bekannt war, wusste sie schon lange. Der gegorene Rebensaft floss größtenteils durch Deutschschweizer Kehlen.

Fünf Gehminuten südwestlich von Plan-Châtel, der höchstgelegenen Stelle des Hügelzuges, hatten Archäologen ein Teilstück des Oppidums rekonstruiert. Friis ließ ihren Wagen auf dem Parkplatz stehen und bat die begleitenden Polizisten, Distanz zu wahren. Deren Präsenz sollte die bestimmt ohnehin verunsicherte Marielle Rochat nicht in Panik versetzen.

»Danke, dass sie die Polizisten zurückgelassen haben«, sagte auf einmal eine Stimme hinter ihr. Friis war eben erst beim vereinbarten Treffpunkt, der Informationstafel über die Ausgrabungen, eingetroffen. Woher war Rochat plötzlich aufgetaucht?

Diese zeigte auf die Mauerkrone der Nachbildung des aus Schichten von Steinen und Holzbalken gebauten antiken Festungswalls. »Von da oben lässt sich die Umgebung gut überblicken.«

»Schön, wenn er seinen Zweck noch zu erfüllen vermag.«

»Von mir haben Sie nichts zu befürchten, Frau Friis. Ich werde alle Fragen beantworten, sofern ich kann.«

Rochat sah erschöpft aus. Die Spuren der in der vergangenen Nacht erlittenen Gewalt waren in ihrem Gesicht sichtbar: eine blutunterlaufene Stelle an der Wange und eine blutverkrustete Unterlippe.

»Ist alles in Ordnung mit Ihnen? Benötigen Sie ärztliche Hilfe?«, fragte Friis.

»Mit meinem Sohn zusammen sein, das ist es, was ich benötige.«

»Lassen Sie uns aus der Sonne gehen.« Am Fuß des Oppidums gab es einen schattigen Platz. »Wollen wir uns nicht setzen? Haben Sie Durst?« Friis nahm eine Wasserflasche aus ihrer Tasche und gab sie Rochat.

»Gerne, danke, ich habe nichts mehr.«

Sie saßen nebeneinander im Schatten eines Gebüschs

wie zwei Wanderinnen bei einer Verschnaufpause. Rochat befeuchtete ein Taschentuch mit Wasser aus der Flasche und wischte sich das Gesicht ab. Dann trank sie ein paar Schlucke.

»Verdächtigen Sie mich noch, Martin umgebracht zu haben?«, fragte sie.

»Warum sollten wir Sie verdächtigen?«

»Kommen Sie.« Rochat verschränkte die Arme. »Seit gestern wird nach mir gefahndet.«

»Sie sind unsere wichtigste Zeugin im Todesfall Wilkinson.«

Rochat deutete auf die beiden Polizisten, die sie aus einiger Entfernung beobachteten. »Deshalb haben sie die beiden mitgebracht? Nicht um mich festzunehmen?«

»Sie wurden mir zugewiesen. Ich habe weder die Befugnis noch die Absicht, Sie festzunehmen. Ich bin froh, dass Sie mich angerufen haben, und ich mit Ihnen sprechen kann. Es gibt viele offene Fragen, die nur Sie beantworten können.«

»Was für offene Fragen?«

»Bestätigen Sie mir zuerst, dass der Mann im Camping 3 Lacs Sie zuerst angegriffen hat.«

»Glauben Sie, ich hätte Sie angerufen, wenn es nicht so gewesen wäre? Kann sein, dass ich zu heftig zugelangt habe. Ich hatte Angst um Silvain und um mein Leben. Der Kerl wäre nicht davor zurückgeschreckt, mich totzuschlagen, wenn ich nicht schneller gewesen wäre.«

»In Ordnung, das klären wir noch. Nun zu Martin Wilkinson: die aufgezogene Spritze, die er Ihnen angeblich gegeben hatte …«

»Nicht angeblich. Ich stehe zu dem, was ich Ihren

Leuten schon gesagt habe. Martin hat mir die Spritze gegeben.«

»Wenn dem so war, muss ich wissen wozu, und warum Sie die Spritze nicht benutzt haben.«

Rochat schloss die Augen. Sie knüllte das feuchte Taschentuch zusammen und faltete es wieder auseinander.

»Was ich Ihnen jetzt sage, muss unter uns bleiben. Versprechen Sie mir das?«

»Grundsätzlich geben wir Ermittlungsergebnisse nicht an Dritte weiter. Natürlich hängt es davon ab, wer noch involviert ist. Für den Moment bleibt es zwischen uns. Reicht das?«

»Muss wohl«, murmelte Rochat. »Martin hat mir die Spritze gegeben, weil er sterben wollte.«

Friis setzte sich so hin, dass sie Marielle Rochat in die Augen blicken konnte. »Er hat von Ihnen verlangt, ihm die Spritze zu verabreichen? Ein assistierter Suizid?«

»Martin war todkrank. Eigentlich wollte er bis nach seinem hundertsten Geburtstag in ein paar Wochen warten. Aber er konnte nicht mehr. Scarlett, Bart und Donna wussten nichts davon.«

»Warum hat er ausgerechnet Ihnen die Spritze gegeben? Sie hatten sich am Tag zuvor das erste Mal gesehen, oder irre ich mich?«

»Nein, das stimmt. Wir sind uns zum ersten Mal begegnet, als ich die vier auf dem Flugplatz Grenchen in Empfang nahm. Martin nahm mich sofort in die Arme und … er weinte. Ich war völlig überrumpelt. Gleichzeitig berührte es mich, als er sagte, ich sei meiner Großmutter wie aus dem Gesicht geschnitten.« Rochat wischte eine Träne weg. »An diesem Abend war er glücklich und nannte mich seine verlorene Tochter. Ich fand das schräg, aber komischerweise hatte auch ich das Gefühl, ich würde ihn schon lange kennen. Dabei war er zuvor nie etwas anderes gewesen als der alte Freund meiner Großmutter, die ich nie gekannt habe.«

Friis fiel ein, was Scarlett ihr über die Vergewaltigung erzählt hatte. Wie viele schlaflose Nächte und Albträume hatte Martin Wilkinson durchstehen müssen, die Angst und Qual der Frauen vor Augen und den Freund, den er getötet hatte?

»Wir haben uns auf Anhieb gegenseitig ins Herz geschlossen«, sagte Rochat. »Für mich war es eine willkommene Ablenkung vom Knatsch mit meinem Ex, von seinen Schulden und vom Streit um das Sorgerecht für Silvain.«

»Haben Sie mit Martin darüber gesprochen?«

»Vor dem Abendessen habe ich die Gesellschaft zum Hotel gebracht. Danach ging ich nach Hause, um mich für das Essen umzuziehen. Bevor ich mich auf den Weg zurück zum Hotel machte, bekam ich einen Anruf von Damian. Er musste dem Mann, der ihm geholfen hatte, seine Spielschulden zu begleichen, innerhalb von vierundzwanzig Stunden die achtzigtausend Franken zurückzahlen. Das wäre mir ja noch egal gewesen. Aber als Damian erwähnte, der Kerl würde Silvain oder mir etwas antun, wenn er nicht zahlte, wusste ich, dass ich etwas unternehmen musste. Noch am selben Abend brachte ich Silvain zu meiner Mutter.«

»Kennen Sie den Namen des Gläubigers, dem Damian Geld schuldet?«

Rochats Hände spielten mit dem Taschentuch, während sie nachdachte. »So was wie Sciarvone, Scarlone oder so.«

»Schiavone?«

»Genau, so hieß er.« Während der Schilderung hatte Rochat den Blick zu Boden gesenkt. Jetzt zuckte er hoch. »Glauben Sie, dieser Schiavone hat mein Kind in der Gewalt?«

»Das kann ich nicht mit Gewissheit sagen, aber wir finden es heraus, das verspreche ich Ihnen.« Friis drückte Rochats zu Fäusten geballte Hände. »Wie ging es mit Martin Wilkinson weiter?«

»Nach dem Abendessen gingen die anderen in die Hotelbar. Obwohl es regnete, wollten Martin und ich uns die Füße auf der Hauptgasse vertreten. Er hatte gemerkt, dass ich Sorgen hatte, und sprach mich darauf an. Ich erzählte ihm von Damian und meiner Angst um Silvain. Martin hat sich sofort bereit erklärt, mir die achtzigtausend Franken zu geben.«

»Geben?«, fragte Friis. »Nicht leihen?«

»Er bestand darauf, mir das Geld zu schenken. Er sei es meiner Großmutter schuldig.«

Marielle endete abrupt.

Da steckte irgendwo ein Aber drin.

»Was verlangte er von Ihnen dafür?«, fragte Friis.

»Martin bat mich um einen Gefallen.«

»Die Spritze.«

Rochat nickte.

»Sie sollten ihm die tödliche Injektion auf dem Schiff verabreichen.«

»Martin fühlte sich zum ersten Mal seit langer Zeit

wieder glücklich. Die Aare sei ein schöner Ort zu sterben, meinte er.«

»Sie sind darauf eingegangen? Einfach so? Warum?«

»Nicht einfach so … also, nicht gleich. Ich … ich habe versucht, ihn davon abzubringen. Dann sagte er, dass er sein Leben gelebt habe. Er sei schwer krank und wolle nicht warten, bis er nicht mehr Herr seines Körpers und seiner Sinne sei. Er würde nie mehr so glücklich sein wie jetzt, meinte er. Mich getroffen zu haben, sei, als hätte er Jacqueline noch einmal gesehen, und er könne nun in Frieden sterben.« Rochat sah Friis bittend an. »Verstehen Sie mich, Frau Friis. Ich hatte große Angst um Silvain. Das Geld schaffte Damians Problem und damit auch meins mit einem Schlag aus der Welt.«

»Was war der Plan gewesen? Sich mit Martin Wilkinson auf dem Außendeck zu treffen, ihm die tödliche Dosis zu injizieren und ihn dann in den Fluss zu stoßen?«

»Er wollte, dass ich ihm das Mittel spritze, weil er selbst den Mut nicht dazu hatte. Martin litt unter einer Spritzenphobie. Aber …«

»So weit kam es nicht?«

Rochat starrte auf ihre Hände, die immer noch das bereits arg in Mitleidenschaft gezogene Taschentuch kneteten. »Er … Auf dem Deck kam Martin auf mich zu. Kaum war er bei mir, taumelte er plötzlich und griff sich an die Brust. Ich wollte ihn festhalten, aber er verlor das Gleichgewicht an der Reling und fiel ins Wasser. Können Sie sich das vorstellen? Er wollte sich umbringen und stirbt unmittelbar davor an einem Herzanfall.«

»Wussten Sie, dass er Medikamente nahm?«

»Während unseres Gesprächs am Vorabend erwähnte er ein Präparat, Digitox heißt es, glaub ich, das er einnehmen musste.«

»In welcher Form?«

»Tropfen. Für den Notfall hatte er einen Inhalator.«

»Haben Sie gesehen, dass er ihn benutzte?«

Rochat faltete den kümmerlichen Rest des Taschentuches zusammen und steckte es in ihre Hosentasche, bevor sie antwortete.

»Nein. Offenbar nahm er seine Medikamente am Morgen nach dem Frühstück ein. Er ...« Rochat sah Friis mit großen Augen an. »Wieso fragen Sie mich das alles? Wissen Sie schon, was geschehen ist? Wurde Martin vergiftet?«

»Das ist noch Gegenstand von Ermittlungen. Erzählen Sie mir jetzt, wie Sie hier gelandet sind.«

»Bevor wir auf das Schiff gingen, sagte mir Martin, er habe das Geld auf mein Bankkonto überwiesen. Ich könne jederzeit darüber verfügen. Ich rief sofort meine Bank an und bestellte eine Barabhebung. Am nächsten Morgen telefonierte ich mit meiner Mutter und sagte ihr, dass Silvain auf jeden Fall im Haus bleiben soll. Später, um die Mittagszeit herum, kam die Nachricht.«

»Was für eine Nachricht?«

»Eine SMS. Erst glaubte ich, sie sei von Damian. Ich wurde zu diesem Campingplatz gelotst. Offenbar wusste der Absender Bescheid, dass Sie, also die Polizei, mich im Visier hatte und Bahnhöfe und Straßen überwachen ließ. Deshalb musste ich von Staad bei Grenchen mit einem Boot nach Biel und von dort weiter nach Erlach fahren. Dort wartete ein E-Bike auf mich, mit dem ich hierhergekommen bin. In der Nachricht stand, dass Damian und Silvain hier auf mich warteten, und dass ich das Geld mitbringen solle. Anstelle von Damian lauerte mir dieser scheußliche Rothaarige im Bungalow auf. Wie geht es ihm eigentlich?«

»Er wird's überstehen.«

»Das ist gut«, sagte Rochat ehrlich erleichtert. »Ich war so wütend. Ich glaube, ich hätte ihn umbringen können.«

»Gut, dass Sie es nicht getan haben.«

»Zuerst dachte ich, Damian steckt mit dem Kerl unter einer Decke.«

»Was nicht der Fall zu sein scheint, sagten Sie mir am Telefon. Sie haben inzwischen Damian getroffen?«

»Ja, er wusste von nichts. Ich meine, Silvain ist nicht bei ihm. Wahrscheinlich hat ihn dieser ... Schiavone.«

»Sie trauen Damian Terenzi, nach allem, was Sie seinetwegen durchmachen mussten?«

»Er hätte mich vorhin zwingen können, ihm das Geld zu geben, tat es aber nicht. Also ja, ich glaube ihm. Er will mir helfen, Silvain zu finden. Ich weiß, wie sehr Damian ihn liebt. Wir haben uns gegenseitig versprochen, eine Vereinbarung über das Sorgerecht zu treffen, wenn das alles vorüber ist. Aber wir werden nicht mehr zusammenkommen. Das habe ich ihm klargemacht.«

»Am Telefon haben Sie mir gesagt, dass Sie meine Hilfe brauchen«, sagte Friis. Ihr war nicht wohl. Aber Marielle Rochat hatte alle Fäden in der Hand, den Jungen zu finden. »Wo befindet sich Damian Terenzi, und was erwarten Sie von mir, ich meine von der Polizei?«

»Damian steht mit Silvains Entführern in Kontakt.

Heute Abend bringe ich das Geld zum Treffpunkt, den sie mir bekannt geben werden. Dann bekommen wir Silvain zurück.«

Ein Kind als Handelsware. Es gab Dinge, an die sich Friis nicht gewöhnen würde. »Wem sollen Sie das Geld übergeben? Schiavone?«

»Wahrscheinlich ihm oder seinen Leuten, keine Ahnung. Damian vermutet, dass nur sie Silvain in ihrer Gewalt haben können.«

»Warum ist Terenzi nicht hier, bei Ihnen?«

»Wir dachten, es sei eine gute Idee, wenn er Schiavones Aufmerksamkeit auf sich lenkt, damit ich mich mit Ihnen hier treffen kann.«

»Sind Sie sicher, dass Sie nicht verfolgt wurden?«, fragte Friis.

Rochat zeigte mit dem Daumen nach oben zur Mauerkrone des Oppidums.

»Wie gesagt, von da oben hat man eine gute Weitsicht. Ich habe niemanden bemerkt, auch keine Drohne.«

»Wer von euch beiden hat das Geld, etwa Damian?«

Rochat begriff, was Friis nicht aussprach. Sie öffnete lächelnd ihren Rucksack. Die Geldbündel waren da.

»Seien Sie ja vorsichtig damit«, sagte Friis. »Wo soll die Übergabe stattfinden?«

»In der Altstadt von Murten. Den genauen Ort und die Zeit erfahre ich noch. Sobald ich es weiß, informiere ich Sie.«

»Wir werden dort sein.« Friis stand auf. Sie reichte Rochat die Hand, um ihr aufzuhelfen.

»Was geschieht, wenn alles vorbei ist?«, fragte diese. »Ich meine, was habe ich zu erwarten?«

»Das hängt davon ab, wie die Staatsanwältin den Fall beurteilt. Sie haben unsere Ermittlungen behindert. Aber wenn Sie ab jetzt mit uns kooperieren, wird man es Ihnen zugutehalten.«

Rochats Ausdruck entspannte sich. »Danke, Frau Friis. Ich melde mich, sobald ich die Informationen habe.«

Friis sah ihr nach, als sie auf ihrem E-Bike Richtung Südwesten davonfuhr.

»Wohin führt die Straße in diese Richtung?«, fragte sie die Polizistin am Steuer des Streifenwagens.

»Nach Lugnorre und weiter runter zur Seestraße.«

Bevor Friis sich fragen konnte, weshalb Rochat nicht den direkten Weg nach Sugiez genommen hatte, vibrierte ihr Handy. Eine SMS aus Solothurn.

»Wie lange fahren wir bis Murten?«, fragte sie, nachdem sie die Nachricht gelesen hatte.

Die Polizistin sah auf die Uhr. »Um diese Zeit zwanzig bis fünfundzwanzig Minuten.«

Friis tippte eine Antwort. Dann lehnte sie sich im Sitz zurück und schloss die Augen.

Nun kam alles in Fluss.

7

Marielle hielt an und checkte das Navi. Sie hatte kein Auge für die Aussicht auf den See und das Städtchen Murten mit seiner mittelalterlichen Ringmauer auf der anderen Seite. Sie kämpfte mit sich selbst. Sollte sie dem Schicksal seinen Lauf lassen, wie man es von ihr verlangte? Wäre es nicht besser, Friis gleich anzurufen und ihr zu gestehen, dass sie nicht aufrichtig zu ihr gewesen war? Sie hatte die Polizistin falsch eingeschätzt. Erst vorhin beim Gespräch auf dem Oppidum hatte sie deren ehrliche Absicht gespürt. Friis wollte ihr helfen. Aber was, wenn es schiefging und Silvain dafür büßen musste?

Sie trat in die Pedale und weiter hinab zum See. Wenig später durchquerte sie Vallamand in der Waadtländer Exklave von Broye-Vully. Ihr Ziel lag vier Kilometer weiter westlich, am Strand von Salavaux. Vor Jahren hatte sie dort mit Silvain ein paar Tage Urlaub gemacht. Das Ufer des Murtensees zwischen Salavaux und Avenches stand unter Naturschutz. Es hatte den längsten natürlichen Süßwassersandstrand Europas. Damals hatte Marielle geglaubt, das Glück für immer halten zu können. Jetzt würde sie ihr Leben geben, wenn sie nur ein paar Sekunden dieses Gefühl zurückbekommen könnte. Wie gerne würde sie den weichen Sand unter ihren Füßen spüren mit Silvains freudigem Kreischen in den Ohren, während er sie nass spritzte.

Der SUV stand rückwärts eingeparkt zuvorderst auf dem Parkplatz des Strandrestaurants. Marielle stieg ab und lehnte das Rad an einen Baum. Wenige Meter bevor sie den SUV erreichte, wurde die hintere Tür auf der Fahrerseite geöffnet.

Endlich.

»Silvain!«

Marielle rannte auf den Wagen zu.

»Silvain, wo …« Sie sah in den Fahrgastraum, direkt in die Mündung einer Pistole.

* * *

Der Polizeiposten von Murten war in einem Altstadtgebäude neben dem Schloss untergebracht. Wie in Bern, Freiburg, Burgdorf oder Thun war der städtebauliche Einfluss des Zähringer Grafengeschlechtes auch hier erkennbar. Auf einem Hügelzug über dem See angelegt, richtete sich die Altstadt entlang dreier parallel von Ost nach West verlaufenden Gassen aus. Sie wurde vom Schloss mit seinem Luegisland, dem Bergfried, überragt. Von dort soll der Berner Feldherr Adrian von Bubenberg im Juni 1476 beobachtet haben, wie sich der Burgunderherzog Karl der Kühne und sein Heer an den Eidgenossen die Zähne zum zweiten Mal in Folge ausbiss. Wenige Monate zuvor hatte er bei Grandson am Neuenburgersee fast das ganze mitgeführte Hab und Gut verloren. Ein Teil dieser Beute, darunter viele Waffen, ist heute Teil einer der größten historischen Waffensammlungen Europas im Museum Altes Zeughaus in Solothurn. Deren Besichtigung gehörte zum Pflichtbesuchsprogramm, das Friis bald nach Arbeitsantritt hinter sich gebracht hatte. Im Winter 1477 war das französische Nancy Schauplatz der dritten und letzten Schlacht Karls des Kühnen. Wiederum waren Eidgenossen beteiligt, als dem Herzog selbst der Garaus gemacht wurde. Nancy läutete das Ende des mächtigen Burgunderreiches ein, das in der Folge Habsburg zufiel.

Der Stolz des uniformierten Kollegen, ein gebürtiger Murtener, der Friis die ihr bestens bekannte Geschichte vom Hintersitz des Streifenwagens erläuterte, war unüberhörbar. Er erinnerte sie sogar an den Spruch, den alle Primarschüler im Geschichtsunterricht auswendig lernen mussten: Karl der Kühne verlor in Grandson das Gut, in Murten den Mut und in Nancy das Blut.

Es waren nicht die blutigen Kriege der alten Eidgenossen, die es Friis beim Anblick des Städtchens antaten. Die blumengeschmückten Lauben und Gassen in der belebten Altstadt weckten ihr schlechtes Gewissen gegenüber Magnus. Wäre es nach Plan gelaufen, würden sie jetzt durch Paris flanieren, wohin sie die erste gemeinsame Reise geführt hatte, einen *café serré* oder *au lait* in einem Boulevardcafé trinken oder an einem Pastis nippen. Vielleicht würden sie sich in einem Spa verwöhnen lassen oder sich im Hotelzimmer anderweitig die Zeit vertreiben.

Der Klingelton einer neuen Nachricht holte sie zurück in die Realität. Maja Hartmann wartete in der Schanzmühle auf sie.

Friis setzte sich vor den Bildschirm, den Ansermet für die Videositzung vorbereitet hatte. Die Verbindung mit

Solothurn stand. Auf der anderen Seite saß Hartmann vor der Kamera. Ansermet und Lüthi hatten sich neben Friis platziert.

»Wissen wir mittlerweile, wo genau sich Donna und Bart Wilkinson befinden?«, fragte Friis.

»Ihren genauen Standort konnten wir noch nicht festlegen«, sagte Hartmann. »Aber wir haben Folgendes, Augenblick.«

Das Bild der Kollegin in Solothurn verschwand. Stattdessen materialisierte sich die Aufnahme einer Verkehrsüberwachungskamera aus einem Tunnel. Auf dem Bild war ein dunkelfarbiger Toyota SUV zu erkennen. »Marke, Modell und Farbe des Leihwagens, den die Wilkinsons fahren, wurde von der Verleihfirma bestätigt. Aufgrund der Beschreibung haben die Kollegen von der Neuenburger Verkehrspolizei dieses Fahrzeug herausgefiltert. Auf dem Bild befindet es sich im Neuenburger Stadttunnel der A5 bei Marin.«

»Geht's etwas schärfer?«, fragte Friis. »Die Insassen sind nicht zu erkennen.«

Wie von Geisterhand vergrößerte sich der Bildausschnitt. Den Mann am Steuer erkannte Friis sofort. Die Frau neben ihm trug eine dunkle Sonnenbrille, die elegante Pagenfrisur ließ keine Zweifel aufkommen.

»Das sind eindeutig Donna und Bart Wilkinson. In welche Richtung fahren sie da?«

»Die Kamera hat sie kurz vor dem Tunnelausgang bei Marin erfasst«, sagte Hartmann. »Fahrtrichtung Biel.«

»Also nach Osten. Sind sie nach Solothurn zurückgekehrt?«

»Ich habe im La Couronne nachgefragt«, sagte Hartmann. »Fehlanzeige. Auf weiteren Kameras der Strecke bis Solothurn sind sie auch nicht zu sehen.«

»Möglich, dass sie in Marin abgefahren sind oder an einer der nachfolgenden Ausfahrten, Thielle, Cornaux oder Le Landeron«, sagte Lüthi. »Ich tippe auf Thielle, von da ist man schnell im Seeland oder in Murten.«

»Das würde heißen, sie sind nach Murten unterwegs«, sagte Friis.

»Na schön.« Wieder Lüthi. »Die beiden übernachten offensichtlich nicht wie vorgesehen in Neuenburg. Das scheint dich zu beschäftigen, Katrin. Weshalb? Denkst du, Donna und Bart Wilkinson stecken in der Sache mit der Entführung des Jungen mit drin?«

»Je länger ich darüber nachdenke, desto mehr verdichtet sich bei mir der Verdacht«, erwiderte sie. »Bei euch nicht?«

»Erklär's uns«, kam Hartmanns Stimme aus dem Lautsprecher des Computers.

Friis wandte sich an Ansermet. »Charlie, sag uns noch mal, wer den Bungalow auf dem Campingplatz gebucht hat.«

Ansermet blätterte in ihrem Notizbuch. »Eine Reiseagentur für Gruppen- und Geschäftsreisen in Zürich, Swiss Leisure Agency.«

»Konntest du herausfinden, wer dahintersteckt?«

Ansermet blätterte vor. »Über ein paar Ecken gehörte diese Agentur zur Wilkinson Global Switzerland, der Schweizer Niederlassung des Wilkinson Konzerns in Zürich.«

Ein unschöner Fluch entfuhr Lüthi.

»Genau meine Worte«, sagte Friis trocken.

»Die Wilkinsons stecken also tatsächlich hinter dem ganzen Zirkus«, sagte Lüthi.

»Es spricht viel dafür. Deshalb möchte ich wissen, wo sie sich jetzt genau befinden.«

Ansermet stand auf.

»Ich weise meine Leute an, die Augen offen zu halten«, sagte sie und verließ den Raum.

»Die neueren Mietwagenmodelle dieser Firma sind mit GPS ausgerüstet«, sagte Hartmann. »Ich warte auf die Daten. Das dauert länger, weil es bei denen über den Hauptsitz läuft. Der befindet sich im Tessin.«

»Der liegt in der gleichen Zeitzone wie wir«, sagte Friis. »Macht denen gefälligst Dampf.«

* * *

»Was sollen wir hier?«, fragte Marielle.

Sie standen auf dem Parkplatz des Restaurants auf dem Mont Vully. Nicht lange davor war sie mit dem E-Bike auf dem Weg nach Salavaux hier vorbeigefahren. Ein Ort, der für seine Fischgerichte bekannt war. Während jenes Urlaubs in glücklicheren Tagen war Marielle mit ihrem Sohn hier gewesen. Silvain, der bis dahin nicht einmal mit Fischstäbchen etwas anfangen konnte, hatte bei den frittierten Eglifilets kräftig zugelangt.

Donna hakte sich bei ihr unter wie eine Mutter im vertrauten Gespräch mit ihrer Tochter.

»Wollen Sie Ihren Sohn wiedersehen, oder nicht?« Donna deutete zum Waldstück am Abhang unterhalb des Restaurants. »Ihr Sohn erwartet uns, da unten.«

»Silvain.« Marielle wollte sich losmachen.

Donna hielt sie mit dem anderen Arm fest.

»Langsam, zuerst machen wir einen kleinen Spaziergang.«

Ein Fußweg führte zum Wald hinunter.

»Warum tun Sie das?« Seit Donna sie mit vorgehaltener Waffe gezwungen hatte, ins Auto zu steigen, versuchte sie, sich ihre Angst nicht anmerken lassen.

»Geduld, Sie werden es gleich erfahren. Kann ich mich darauf verlassen, dass Sie keine Dummheiten machen?«

Marielle nickte.

»Gut.«

Donna löste den Klammergriff an ihrem Arm. »Falls doch: Drehen Sie sich um.«

Hinter ihnen, die Hände in der Jackentasche versenkt, stand Bart. Er schien der Typ zu sein, dem man die Worte Buchstabe für Buchstabe aus der Nase ziehen musste. Seit ihrem ersten Zusammentreffen auf dem Flugplatz Grenchen hatte Marielle mit ihm keine fünf Sätze gewechselt. Ihre Blicke trafen sich. Bart hob seine Rechte an. Er hatte einen kurzläufigen Revolver in der Hosentasche, der aussah wie ein Kinderspielzeug.

»Bestimmt wird Ihnen aufgefallen sein, dass mein Bart kein Mann großer Worte ist«, sagte Donna. »Besser, Sie lassen sich davon nicht täuschen. Sollten Sie eine Dummheit versuchen, wird er nicht zögern, Sie oder Ihren Sohn zu erschießen. Weiter, bitte.« Donna schubste sie in die gewünschte Richtung, eine freundschaftliche, fast zärtliche Geste.

»Ich gebe Ihnen das Geld und bekomme meinen Sohn zurück. Was dann?«, fragte Marielle.

»Eins nach dem anderen, meine Liebe. Passen Sie auf, wo Sie hintreten, der Weg ist hier steil.«

Der Wald dämpfte das schwindende Tageslicht. Der Fußpfad war gerade noch zu erkennen. Marielle schätzte, dass sie zehn oder fünfzehn Minuten unterwegs waren, als sich der Wald lichtete und Donna sie anwies, stehen zu bleiben. Zu ihrer Linken sah sie eine Feuerstelle mit Grill und einem großzügig angelegten Picknickbereich. Vor ihr fiel das Gelände gegen Süden zum See ab. Sie stand vor einer Informationstafel mit Lageplan, mit einer schematischen Darstellung des Ortes.

»Umdrehen!«, befahl Donna.

Marielle gehorchte.

Vor ihr klafften drei Löcher nebeneinander im sandigen Kalkstein. Es sah aus, als würde sie der Berg mit offenem Mund anstarren. Weiter oben waren weitere Öffnungen zu erkennen. Der Hang hier war wie ein überdimensionierter Emmentaler Käse. Eine vage Erinnerung kam in Marielle hoch. Der Urlaub, in dem sie am Sandstrand gespielt und Eglifilets gegessen hatten. Hier hatte sie mit Silvain Verstecken gespielt.

Sie waren allein. Mit dem Sonnenuntergang war ein frischer Wind aufgekommen. Am Himmel zogen sich Wolken zusammen. Es sah aus, als ob es noch in der Nacht regnen würde.

»Bart?« Donna gab ihrem Gatten ein Zeichen.

Reden mochte nicht seine große Stärke sein, dafür hatte er das Talent, mit zwei Fingern einen gellenden Pfiff loszulassen. Sekundenlang tat sich nichts, bis ein Lichtschimmer den linken Höhleneingang von innen erleuchtete. Kurz darauf trat Damian aus der Höhle. Er hatte einen Jungen an der Hand.

»Silvain!« Marielle wollte sich von Donna losreißen.

»Langsam.« Donna hielt sie fest.

Hinter Vater und Sohn erschien eine dritte Person, ein Mann. Er hielt eine Pistole in der Hand. Sie war auf Damians Kopf gerichtet.

»Das Geld, bitte«, sagte Donna.

»Im Rucksack.« Marielle drehte ihr den Rücken zu, damit Donna die Bündel herausnehmen konnte. Den kurz aufflackernden Gedanken, sich auf Donna zu stürzen, verwarf sie. Um sie herum gab es zu viele Schusswaffen.

Donna ließ Marielle stehen und ging mit dem Geld auf den Mann zu, der Silvain mit der Waffe bedrohte. Sie übergab ihm die Bündel und sprach ein paar unverständliche Sätze mit ihm. Es klang wie italienisch.

»Grazie, Signora.« Der Mann deutete eine Verbeugung an, bevor er den Weg hinaufstieg, den sie vorhin heruntergekommen waren.

Eine Schusswaffe weniger.

Donna kam zurück.

»Nun zu uns.«

»Was wollen Sie noch? Sie haben versprochen, uns freizulassen.«

»Nur eine Formalität.« Donna griff in ihre Umhängetasche.

»Was …«

Marielles Blick fiel auf Bart, dessen Aufmerksamkeit auf Donna gerichtet war. Niemand achtete auf Damian, der immer noch Silvain an der Hand hielt.

Marielle sah ihn an. Plötzlich wurde ihr klar, was er vorhatte.

Ihre Lippen formten stumm ein Wort.

Nicht.

Denk an Silvain.

Damian verstand es nicht, oder er wollte es nicht.

Er ließ Silvain los und stürzte sich auf Bart. Der hatte mit der Attacke nicht gerechnet. Beide gingen zu Boden. Beim Aufprall ließ Bart den Revolver fallen.

»Silvain!«, rief Marielle.

An Ort und Stelle erstarrt, sah der Junge zu, wie die beiden Männer miteinander rangen. Marielle versetzte der durch den Zweikampf abgelenkten Donna einen Tritt, sodass sie stolperte und fiel.

Marielle legte die wenigen Meter zu ihrem Sohn rennend zurück. Sie packte Silvain an der Hand und lief mit ihm auf den linken Höhleneingang zu.

Hinter ihr knallte ein Schuss. Marielle duckte sich im Laufen über Silvain.

Dann hörte sie einen Aufschrei.

Damian.

Marielle drehte sich um.

Keine zehn Meter hinter ihr stand Donna. Sie zielte mit Barts Revolver auf sie.

Für die Dauer zweier Lidschläge standen sich die beiden Frauen gegenüber.

Dann drückte Donna ab.

* * *

Friis' Unruhe wuchs. Marielle Rochat hätte sich schon

längstens melden müssen. Zum x-ten Mal in den letzten fünf Minuten starrte sie auf ihr Handy.

Immer noch keine Nachricht.

Sie hatte das Bild der Neuenburger Überwachungskamera vom Bildschirm abfotografiert. Der Anblick Donnas versetzte ihr einen Stich. Gestern hatte Friis für einen kurzen Moment geglaubt, ihr vertrauen zu können.

Auf dem Bildschirm erschien Hartmann.

»Wir haben die Verbindungsliste von Schiavones Handy bekommen. Er hat gestern und heute Morgen mehrmals dieselbe Handynummer angerufen, ein Prepaid«, sagte Hartmann. »Wir versuchen die Nummer nachzuverfolgen. Gibt es Neuigkeit von Marielle Rochat?«

Ein willkommener Grund für Friis, erneut auf ihr Handy zu blicken. Immer noch nichts.

»Ich gebe ihr noch fünf Minuten. Dann lasse ich sie orten.«

»Warum nicht gleich?«, fragte Lüthi.

Bevor Friis antworten konnte, erwachte das Gerät zum Leben.

Keine SMS.

»Scarlett ruft mich an.« Sie nahm das Gespräch an. »Was kann ich für Sie tun, Mrs. Wilkinson?«

»Ich bin noch mal Martins Sachen durchgegangen«, sagte Scarlett unumwunden. »Dabei bin ich auf ein Geheimfach in seinem Koffer gestoßen. Darin befand sich ein Dokument. Ich schwöre auf alles, was Sie wollen, dass ich es noch nie gesehen habe. Ich habe es fotografiert. Sie sollten das Bild jetzt erhalten.«

Ein Pling erklang.

»Ist angekommen, vielen Dank.«

»Keine Ursache, Sie wissen, wo Sie mich finden.« Scarlett beendete den Anruf.

Friis öffnete die Bilddatei. Es war ein offizielles in englischer Sprache verfasstes Schreiben. Bevor Friis es überflog, sah sie die Unterschrift. Es war diejenige von Martin Wilkinson. Sie wollte es gerade Lüthi zeigen, als Ansermet in den Raum stürmte.

»Gerade ist ein Alarm reingekommen. Am Mont Vully wurde geschossen.«

* * *

Marielle und Silvain hatten Glück. Als Donna geschossen hatte, hatte sie sich über ihren Sohn geworfen.

Donna war wohl keine besonders gute Schützin. Das Projektil schlug mehrere Handbreit links von Marielle im Boden ein.

Sie hörte Donna fluchen und mit der Waffe hantieren, die ein Ladeproblem zu haben schien.

Marielle rappelte sich hoch und half Silvain auf die Beine.

»Komm, mein Schatz, wir müssen uns beeilen.«

»Warum verfolgen die Leute uns, Mama?«

»Weil sie böse sind.«

»Was ist mit Papa?«

»Er ... er wartet auf uns, auf der anderen Seite der Höhle, komm.« Marielle hatte keine Ahnung, ob Bart oder Donna den ersten Schuss abgefeuert hatte und ob jemand verletzt worden war oder noch schlimmer. Hoffentlich war Damian wohlauf.

Nach wenigen Metern stießen sie auf eine weitere Öffnung im Berg.

»Schnell, da rein.« Marielle wandte sich um. Sie wurden nicht verfolgt. Donna schien noch mit ihrer Waffe beschäftigt zu sein.

Marielle versuchte, sich an das erste Mal zu erinnern, als sie mit Silvain hier gewesen war. Die Höhlen waren im Innern des Berges durch Tunnel verbunden. Darüber wie sie entstanden waren, wusste sie nicht mehr viel, nur dass sie vom Militär als Verteidigungsstellung in einem der Weltkriege gedient hatte.

Sie hatte kein Handy mehr. Donna hatte es ihr abgenommen, bevor sie in Salavaux weggefahren waren. Es lag im SUV oben auf dem Parkplatz des Restaurants.

Sie musste Zeit gewinnen. Sie hatte keine Ahnung, ob es hier einen zweiten Ausgang gab. Die einzige Chance, die sie im Moment hatten, bestand darin, sich tiefer im Berg zu verstecken, und zu hoffen, dass Donna und Bart früher oder später sie Suche aufgeben würden.

Sie gelangten zu einer Art Kaverne. Eine Holzgalerie mit Treppe führte hinab zur unteren Ebene, wo die drei Öffnungen waren. Parallel dazu verlief ein weiterer Tunnel östlicher Richtung. Neben der Infotafel hatte sie einen gelben Wanderwegweiser gesehen, der hinunter zum See wies. Wenn sie es bis dorthin schafften, hatten sie eine Chance, bewohntes Gebiet zu erreichen und Alarm zu schlagen. Viele Optionen standen ihnen nicht offen. Hier drin würden sie bald in völlige Dunkelheit getaucht sein.

Marielle ging vor Silvain in die Hocke.

»Du musst jetzt tapfer sein, mein Schatz. Bald sind wir

in Sicherheit. Du darfst keinen Lärm machen, nichts sagen, ja?«

Der Junge nickte.

Sie stiegen die Holztreppe hinab und folgten dem Tunnel in östlicher Richtung. Bei der zweiten, mittleren Öffnung überkam Marielle ein merkwürdiges Gefühl. Es war zu ruhig, vor allem zu einfach. Von Donna oder Bart war weder etwas zu hören noch zu sehen. Wo steckten die beiden? Lauerten sie ihnen irgendwo auf?

Vor ihr bog ein Seitengang nach links ab, tiefer in den Berg hinein. Er sah aus wie ein schwarzes Loch. Sollte sie es trotzdem riskieren? Tagsüber waren die Höhlen ein Kinderspielplatz. Die Gänge waren gut begehbar ohne Löcher, Absätze oder andere Stolperfallen.

»Wir biegen hier ab«, flüsterte sie Silvain zu.

Sie tasteten sich einige Meter voran, bis Silvain an ihrer Hand zog.

»Mama.«

»Nur noch ein paar Meter, Silvain.« Marielle versuchte, ihre wachsende Verzweiflung zu überspielen. Die Dunkelheit erschien ihr wie ein pechschwarzes Vakuum ohne unten und oben.

Silvain zog erneut an ihrer Hand.

»Mama, warte.«

»Was ist?«

»Taschenlampe.«

»Es tut mir leid, mein Schatz. Mein Handy ist weg.«

»Ich habe eine.«

»Was?«

»Hier.« Er drückte ihr einen Schlüsselanhänger in die Hand. Damian hatte ihm das Ding geschenkt, ein

Werbegeschenk der Firma, für die er ein paar Monate gearbeitet hatte. Der Anhänger verfügte über eine eingebaute LED-Lampe. Sie funktionierte. Marielle herzte ihren Sohn.

»Mein kleines Genie.«

Der begrenzte Lichtstrahl half ihnen wenigstens, zu sehen, wo sie hintraten. Die Lampe ging aus, wenn man den Druckknopf losließ. Das tat Marielle, als sie hinter sich ein Geräusch hörte.

Von der Stelle, wo sie vorhin vom Quer- in den Längstunnel abgebogen waren, näherten sich ein Lichtschein, gedämpfte Schritte und Stimmen. Marielle presste sich und Silvain gegen die Tunnelwand und wartete. Während Sekunden kamen das Licht und die Geräusche näher, bis sie sich plötzlich wieder in die Richtung entfernten, aus der Marielle und Silvain gekommen waren.

Marielle atmete auf.

»Weiter, mein Schatz.«

Sie folgten dem Tunnel weiter Richtung Osten, weg von Bart und Donna, wie sie hoffte, bis ein Quergang rechts abbog. Marielle ließ ihre Lampe kurz aufflammen. Links war eine Sackgasse, eine weitere Kaverne. Sie gingen nach rechts und folgten so lange dem Quergang, bis sie glaubte, dass die Dunkelheit durchlässiger wurde.

Auf einmal standen sie vor dem östlichen Eingang. Marielle trat aus der Höhle und erspähte die Umgebung. Es war nichts zu sehen, bis auf einen Haufen Erde oder Laub in der Mitte des Vorplatzes.

»Bleib hier, geh ja nicht weg«, flüsterte sie Silvain zu.

Sie schritt langsam auf die Erhebung zu.

Im Sommer liegt kein Laub.

Sie richtete den Strahl der Lampe auf die Erhebung.

Weder Laub noch Erde.

Ein Mensch.

»Damian.«

Sie tastete den reglosen Körper ab. Auf der linken Seite am Unterbauch fühlte sich sein Hemd feucht und klebrig an.

Blut.

Der erste Schuss, den sie vorhin gehört hatte. Barts Kugel musste Damian getroffen haben.

»Damian, hörst du mich? Sag was.«

Sie wiederholte es so lange, bis er sich regte.

»Marie? Was …?«

»Gott sei Dank«, entfuhr es ihr. »Halt still, du bist verletzt.«

Sie legte ihre Jacke und das Hemd ab. Das T-Shirt darunter zog sie aus und presste es auf die Wunde. Damian stöhnte auf. Sie nahm seine Hand und legte sie darauf. »Fest drücken. Silvain und ich holen Hilfe. Wir …«

Marielle spürte etwas Hartes, Metallisches, das sich in ihren Nacken bohrte.

»Ihm können Sie nicht mehr helfen«, hörte sie Donnas Stimme hinter ihr. »Aufstehen. Zurück zur Höhle.«

Bart wartete beim Eingang auf sie. Seine Hand lag auf Silvains Mund.

Marielle spürte Tränen aufsteigen. Nicht aus Angst, was ihr zustoßen könnte. Sie wollte Silvain beschützen und hatte versagt.

»Es tut mir leid«, flüsterte sie.

* * *

Hartmanns Anruf kam, als sie Sugiez durchquerten.

»Wir haben die GPS-Daten des Mietwagens der Wilkinsons. Er steht auf dem Parkplatz des Restaurants auf dem Mont Vully.«

Friis schluckte den Ärger hinunter. Sie hatte sich wie ein Frischling an der Nase herumführen lassen. Fragte sich von wem, den Wilkinsons, Marielle Rochat oder von beiden.

»Ich habe die Ortung von Rochats Handy«, sagte Lüthi auf dem Hintersitz. »Das Handy ist abgeschaltet. Die letzte Ortung zeigte denselben Standort wie das GPS des Mietwagens.« Er beugte sich zu Friis vor. »Katrin, glaubst du nicht auch, dass uns die Rochat verarscht?«

Friis fehlte die Lust, sich erneut auf diese Diskussion einzulassen. »Wir werden es bald wissen.«

Anstatt die Straße zu nehmen, die den Berg hochführte, folgte Ansermet dem Seeufer.

»Wohin, Charlie?«, fragte Friis. »Hätten wir nicht rechts abbiegen müssen?«

»Die Schüsse wurden bei den Lamberta-Grotten gemeldet.«

»Wo?«

»*Les Grottes des Roches Grises de la Lamberta.* Wir nennen sie Lamberta-Grotten.«

»Es gibt hier Grotten?«

»Keine Naturgrotten. Es sind menschengemachte Tunnel und Kavernen und Teil des Mont-Vully-Reduits, das im Ersten Weltkrieg zur Festung Murten gehörte.

Sie dienten als Infanteriestellungen. Heute ist es ein beliebter Abenteuerspielplatz für Kinder.«

»Ist sicher, dass die Wilkinsons sich dort befinden?«

»Ihr Wagen steht jedenfalls auf dem Parkplatz des Restaurants. Die Lamberta-Grotten liegen in einem Waldstück unterhalb. Auf diesem Weg können wir näher heranfahren.«

»Was ist mit den Fluchtrouten? Ich will nicht, dass sie uns entwischen.«

»Die mobile Einsatzgruppe der Gendarmarie ist von Domdidier hierher unterwegs. Die Waadtländer Kollegen in Avenches werden die Zufahrten im Westen sperren. Im Osten stellen unsere Leute aus Kerzers und die Berner Polizei von Ins aus Straßenkontrollen auf. In Kürze werden alle wichtigen Zufahrten zum Mont Vully abgeriegelt sein. Niemand wird von hier wegkommen, wenn wir es nicht wollen.«

»Wie viele Schüsse sind gefallen?«

»Laut Zeugenaussagen wurde zweimal im Abstand von Sekunden geschossen. Seither ist es ruhig.«

Das konnte beides bedeuten, Gutes und etwas, woran Friis nicht denken wollte.

»Wie lange noch, bis wir dort sind?«

»Wir haben's gleich.«

Westlich der Ortschaft Praz verließen sie die Seestraße und fuhren zwischen Rebenhängen bergan. Nach einem Linksabbieger stoppte Ansermet am Wegrand.

»Ab hier gehen wir zu Fuß.« Sie gab ihre Position per Funk durch. Die Einsatzleitung der Gendarmerie meldete zurück, dass Verstärkung in etwa einer Viertelstunde vor Ort sein sollte.

Friis und Lüthi folgten Ansermet auf einem als Wanderweg ausgeschilderten Pfad. Die Stille kam ihr bedrohlich vor, der Fußweg endlos. Der Gedanke, zu spät zu kommen, fraß sich in Friis' Eingeweide. Endlich wurde das Gelände flacher. Sie erreichten eine Lichtung mit Feuerstelle. In geduckter Haltung und mit gezogenen Waffen tasteten sie die Umgebung mit Taschenlampen ab.

»Da vorne liegt jemand«, sagte Ansermet. Der Strahl fiel auf einen reglosen Körper.

* * *

Bart und Donna hatten die beiden in die Kaverne gebracht, die sie vorhin passiert hatten. Marielle legte schützend den Arm um Silvain, der sich an sie kuschelte. Seit sie wieder in der Gewalt von Donna und Bart waren, verhielt er sich still.

»Warum lassen Sie uns nicht gehen?«, fragte Marielle. »Sie haben doch alles, was Sie wollen.«

Donna und Bart wechselten Blicke.

»Hast du es ihr nicht gesagt?«, fragte er.

»Wann hätte ich es ihr sagen sollen?«

»Was sagen?«, fragte Marielle.

Donna sah auf sie herab. »Den wirklichen Grund, weshalb Sie hier sind.« Sie ging vor Marielle in die Hocke. »Haben Sie tatsächlich geglaubt, wir lassen uns von Ihnen unser Lebenswerk zerstören? Dafür haben wir beim Alten nicht jahrelang gebaggert und gepickelt.«

»Wovon sprechen Sie?«

»Von Ihrem Erbe, meine Liebe. Nachdem er von Ihrer

Existenz erfahren hatte, bekam der alte Trottel plötzlich Schuldgefühle.«

»Welcher alte … Sie meinen Martin? Schuldgefühle? Meinetwegen?«

Donna nickte.

»Aber warum? Wir kannten uns gar nicht. Er war ein Freund von meiner Großmutter Jacqueline. Nicht mal zu meinem Vater hatte er Kontakt. Weshalb sollte er sich ausgerechnet mir gegenüber schuldig fühlen?«

»Was weiß ich«, sagte Donna. »Dieser alte Esel mit seinem Heldengetue war stets gut für Sentimentalitäten. Er meinte, unbedingt etwas vergelten zu müssen. Mich, die Enkelin seines besten Freundes, hatte er dagegen nie wirklich akzeptiert. Die Heirat mit Bart war bloß eine Geschäftstransaktion, eine arrangierte Ehe, die den Pakt zwischen den Lamottas und den Wilkinsons besiegeln sollte. Während Jahrzehnten haben Bart und ich geschuftet, um mafiöse Aktivitäten in legale Geschäfte zu überführen und die Verbindungen zur Lamotta-Mafia zu kappen.« Donna machte eine fuchtelnde Handbewegung. »Mit Ausnahme spezieller Aktionen, wie diese hier. Dann kommt der Alte plötzlich auf die Idee, ein dahergelaufenes Luder wie Sie zu seiner Haupterbin zu machen.«

»Aber …«, sagte Marielle. »Ich hatte keine Ahnung. Ich will das gar nicht. Was immer damals im Krieg passiert ist, es hat mich nie interessiert.«

»Wenn es nur so einfach wäre, meine Liebe. Martin hat den Stein vor Monaten ins Rollen gebracht.« Sie rückte näher zu Marielle. »Bart und ich haben das Nachsehen.«

Marielle wurde kalt. Sie zog Silvain fester zu sich und

achtete darauf, dass ihre Hände seine Ohren verdeckten. »Deshalb wollen Sie uns umbringen? Das müssen Sie nicht. Ich verzichte auf das Erbe. Ich unterschreibe alles, was Sie wollen.«

»Wer sagt, dass Sie es sich nicht plötzlich anders überlegen, oder Ihr Sohn? Nach Ihrem Tod wird er Ihr Alleinerbe.«

Donna streichelte Silvains Kopf. »Ich bedaure das wirklich. Das müssen Sie mir glauben. In den letzten Tagen habe ich Sie irgendwie ins Herz geschlossen. Leider sehen wir keinen anderen Ausweg. Was uns zusteht, lassen wir uns nicht wegnehmen. Keine Angst, es wird ganz schnell gehen. Sie werden nichts spüren. Wenn man euch beide findet, wird man glauben, ihr seid friedlich eingeschlafen. Eine Mutter, die aus Verzweiflung ihr Kind und dann sich selbst umbringt, weil sie zuvor ihren Ex-Partner erschossen hat. Soll es geben, sogar in der schönen friedlichen Schweiz.«

Donna wandte sich an Bart.

»Wir machen es hier. Mach die Spritzen bereit.«

»Hier? Wollten wir sie nicht zum See …«, fragte Bart.

Donna fuhr zu ihm herum. »Was spielt das für eine Rolle? Ob hier, oder …«

Weiter kam Donna nicht.

Marielle nutzte diese eine Sekunde von Donnas Unaufmerksamkeit, sie anzuspringen. Sie war jünger, vor allem stärker als die ältere Frau. Die Wucht des Aufpralls schleuderte Donna nach hinten gegen die Felswand. Sie schlug mit dem Hinterkopf hart dagegen und blieb reglos liegen. Im Fallen verlor sie den Revolver. Marielle wollte ihn zu fassen kriegen. Sie bewegte sich zu hastig und schubste die Waffe ungewollt ein paar Zentimeter von sich weg.

Bart griff danach. Marielle gelang es, sie ihm mit dem Fuß aus der Hand zu schlagen. Die Waffe rutschte weiter weg. Marielle war schneller als Bart und bekam sie vor ihm zu fassen. Er warf sich auf sie. Beide rangen um die Herrschaft über die Waffe. Marielle war zwar wendiger, aber Barts Gewicht presste sie hart auf den Boden. Sobald sie sich ein wenig Handlungsfreiheit verschaffen konnte, machte er den Vorteil zunichte, indem er sie mit der Faust ins Gesicht schlug. Ihre Kampfunfähigkeit nützte er aus, um die Pistole zu ergreifen.

»Mama!«, hörte Marielle Silvain durch das Rauschen in ihren Ohren. Sie musste zusehen, wie sich der Junge auf den Mann warf und sich an ihm festklammerte. Es gelang Bart mühelos, ihn abzuschütteln.

»Silvain!« Marielle streckte die Hand nach ihm aus. Sie war zu benommen, um ihm zu Hilfe zu kommen.

Ächzend kam Bart auf die Beine und türmte sich über ihr auf.

»Sorry, es sollte schmerzlos sein, aber irgendwann muss es ein Ende haben.« Er richtete den Revolver auf ihren Kopf.

Marielle schloss die Augen.

»Verschonen Sie Silvain, er …«

Der Knall in diesem engen Raum war ohrenbetäubend und ließ sie zusammenfahren.

Marielle hatte manchmal versucht, sich vorzustellen, wie es sich anfühlen musste, von einer Kugel getroffen zu werden. Erst der Schlag, heftig, wahrscheinlich sogar sehr, dann der Schmerz.

Sie empfand es fast als enttäuschend, nichts zu spüren. Ein hoher Pfeifton in ihren Ohren erstickte jedes Geräusch. Sie fühlte nur, wie der Boden leicht erzitterte von einem Körper, der schwer neben ihr aufschlug.

Marielle machte die Augen auf.

»Mama?« Silvain starrte sie fassungslos an. Sie hörte ihn nicht, sah nur, wie seine Lippen das Wort formten. Der Schusslärm hatte sie taub gemacht, hoffentlich nur vorübergehend.

Bart Wilkinson lag neben ihr auf dem Bauch. Auf seinem Hemd, auf der Höhe der rechten Schulter breitete sich ein dunkelroter Fleck aus. Donna lag immer noch reglos da.

Marielle hob den Kopf. Ein grelles Licht blendete sie. Dahinter löste sich eine Silhouette aus der Dunkelheit.

»Alles gut, Frau Rochat, es ist vorbei«, hörte sie Friis' Stimme wie durch eine dicke Watteschicht.

Marielle schlug die Hände vors Gesicht und begann zu schluchzen.

* * *

Friis holsterte ihre Pistole und nahm den Revolver an sich. Sie beugte sich zur weinenden Frau hinab.

»Sind Sie verletzt, Frau Rochat?«

»Mir ist nichts passiert. Entschuldigen Sie mein Geflenne, aber es … es war gerade ein bisschen viel.« Sie streckte ihre Arme nach Silvain aus, der sich sofort in ihnen vergrub. »Alles gut, mein kleiner Held.«

Friis richtete sich auf und übergab Lüthi, der gerade hereingekommen war, den Revolver.

»Ganz schön bevölkert hier drin.« Er nahm sein Handy hervor. »Die Rettung ist da und kümmert sich draußen um den Verletzten. Ich rufe sie herein.«

Friis half Rochat auf die Beine.

»Können Sie gehen?«

Rochat nickte. Friis führte sie und Silvain ins Freie. Über ihnen dröhnten die Rotoren eines Helikopters, dessen Scheinwerfer die Dunkelheit durchdrangen. Der verletzte Damian Terenzi wurde geborgen.

Sie setzten sich an einen Picknicktisch bei der Feuerstelle.

»Das war Spitz auf Knopf«, sagte Friis. »Weshalb haben Sie sich nicht wie vereinbart gemeldet?«

Rochats Blick wich jenem von Friis aus. »Ich ... ich wollte nicht, ich ...« Rochat rang sichtlich nach Worten.

»Sagen Sie mir einfach, wie es war, Frau Rochat.«

Deren Blick, der an Friis vorbei einen Punkt in der Dunkelheit fixiert hatte, richte sich wieder auf ihr Gegenüber.

»Es tut mir leid, Frau Friis. Ich war vorhin nicht ganz aufrichtig zu Ihnen. Nachdem wir uns auf dem Mont Vully oben getrennt hatten, bekam ich eine Nachricht auf mein Handy. Sie war von Donna. Sie wusste Bescheid, dass ich mit Ihnen in Kontakt war.«

»Woher hätte sie das wissen sollen? Ich habe nie mit ihr darüber gesprochen.«

»Keine Ahnung. Ich glaube, sie und ihr Mann haben mich die ganze Zeit beobachtet, gestern sogar mit einer Drohne. Ich musste sie auf der Stelle in Salavaux treffen, sonst hätten sie Silvian etwas angetan.«

»Warum haben Sie nicht gleich mich angerufen?«

Rochat wich diesmal Friis' Blick nicht aus. Sie sah ihr direkt in die Augen.

»Ich hatte Angst, Silvain zu verlieren. Also tat ich, was die beiden von mir wollten, in der Hoffnung, dass Sie mein Handy orten würden, wenn ich mich nicht melde.« Sie zwang sich ein knappes Lächeln auf. »Ich lag nicht falsch.«

»Da hat aber eine Menge Glück mitgespielt«, sagte Friis. »Für meinen Geschmack war es ein wenig zu knapp. Gleich kommen Kollegen, die Sie und Ihren Sohn ins Spital Murten fahren. Sie werden untersucht und die Nacht dort unter Polizeischutz verbringen.«

»Was ist mit Damian?«, fragte Rochat.

»Die Sanitäter haben ihn erstversorgt. Der Heli bringt ihn ins Spital. Sieht aus, als käme er durch.«

Marielle seufzte erleichtert.

»Ohne ihn wären wir …« Sie stockte. »Er hat uns das Leben gerettet. Donna und Bart, sie wollten uns …«

»Ich weiß. Ich habe das notarielle Dokument gelesen und eins und eins zusammengezählt. Donna und Bart wollten Sie als Haupterbin beseitigen. Sie haben das Dokument nie gesehen?«

Marielle schüttelte den Kopf. »Ich habe vorhin zum ersten Mal gehört, dass ich alles erben soll.«

»Es scheint, dass die Männer, die Silvain entführt haben, dieses Papier bei Ihrer Mutter zu Hause gesucht haben.«

»Haben Donna und Bart Martin getötet?«

»Das wird sich herausstellen.« Friis blickte zum Eingang der Grotte hinüber. Sanitäter trugen zwei Bahren hinein. »Es sieht danach aus.«

»So viel Leid, nur wegen dieses Geldes«, sagte Rochat.

»Immerhin sehr viel Geld. Sie werden sich für den Rest Ihres Lebens keine finanziellen Sorgen mehr machen müssen.«

Zum ersten Mal sah Friis Marielle Rochat lachen. Vielleicht der Anfang der Heilung, die für die Seele länger dauert als für den Körper.

»Oder sie fangen erst an«, sagte Rochat. »Wenn ich plötzlich viele gute Freunde habe, von denen ich bis jetzt nichts wusste.«

»Sie müssen es ja niemandem verraten.« Friis winkte zwei Polizisten heran, die in einiger Entfernung warteten. »Die Kollegen bringen Sie ins Spital.«

»Sehe ich Sie noch mal wieder, Frau Friis?«

»Bestimmt, ich melde mich, wenn Fragen auftauchen.«

»Frau Friis?«

»Ja?«

»Ist es okay, wenn ich Sie umarme?«

Die einzigen Menschen, die sie körperlich an sich heranließ, waren Magnus, die Kinder und ein paar sehr gute Freunde. Bevor sie Ja oder Nein sagen konnte, drückte Rochat sie an sich. Zögernd legte Friis ihre Arme um die Frau und tätschelte zaghaft ihre Schultern.

»Danke«, sagte Rochat.

Friis räusperte sich.

»Gern geschehen, ist eigentlich mein Job, wissen Sie.«

Rochat löste sich von ihr. »Sie melden sich, ja?«

Dann ging sie mit den Polizisten.

Lüthi stellte sich neben Friis.

»Rührender Abschied?«

Sanitäter trugen die zwei Bahren mit Donna und Bart aus der Grotte.

»Wie geht es denen?«, fragte Friis.

»Werden es überstehen. Damian Terenzi ebenfalls. Er hat viel Blut verloren, ansonsten ist seine Verletzung nicht lebensgefährlich.«

»Gehen wir?«, fragte sie. »Ich muss hier weg.«

»Sofern uns jemand nach Murten fährt. Unser Wagen steht dort. Ich frage Charlie, und …« Lüthi zögerte.

»Ist noch was?«

»Trinken wir in Murten noch was?«

Friis, die sich schon in Bewegung gesetzt hatte, blieb stehen.

»Ich dachte schon, du fragst nie.«

Die Müdigkeit überkam Friis im Auto nach Murten. Sie hatte Lüthi den Beifahrersitz überlassen, damit er mit Ansermet plaudern konnte.

Rochats Rucksack lag neben ihr auf der Rückbank. Fast wäre er in der Grotte zurückgeblieben. Ansermet hatte ihn gefunden. Friis wühlte darin, weniger aus Neugier, als sich von der Müdigkeit abzulenken.

Das Geld war nicht mehr da. Eine Patrouille der Gendarmerie hatte es auf der Straße zwischen Sugiez und Ins sichergestellt, nachdem sie einen verdächtigen Wagen angehalten und den Insassen, einen italienischen Staatsbürger namens Schiavone, festgenommen hatte.

Die Ausbeute des Rucksackes bestand aus einer leeren PET-Flasche, einer Taschenlampe, einem Taschen-Navi und einem Pullover. Friis stutzte. In einer Falte zwischen Rucksackboden und -rücken erfühlte sie etwas Hartes.

Sie zog den Gegenstand heraus.

»Wo kommst du denn jetzt her?«, murmelte sie.

8

Friis trat aus dem Untergrund der öffentlichen Parkgarage bei der Place Pury. Sie war zu spät dran, schon wieder.

Vor ihr, in der Spätnachmittagssonne, breitete sich der Neuenburgersee aus. Nicht erst seit sie einen Dänen geheiratet hatte, liebte sie Gewässer, besonders dieses. Manchmal, zu selten für ihr Empfinden, kam sie hierher, mit Magnus und den Kindern, Freundinnen, nur mit Magnus oder auch allein. Es musste am Licht liegen. Nirgends sonst empfand sie den Horizont so weit wie hier. Das lag wohl daran, dass der Neuenburgersee, die größte vollständig auf Schweizer Boden liegende Wasserfläche, nicht unmittelbar von hohen Bergen umgeben war.

In Solothurn dominierte das Berner Riesentrio Eiger, Mönch und Jungfrau die Trennlinie zwischen Himmel und Erde im Süden. Auf der Seepromenade des Quai Ostervald vor dem Hotel Beau-Rivage wirkten die Gipfel der Hochalpen entrückter, gerade so, als wollten sie dem Ort für einmal nicht die Schau stehlen. Einzig der Mont Blanc betonte seine Majestät als höchster Gipfel Europas am Horizont.

Friis sah hinüber zum Mont Vully am südöstlichen Ufer. Die Vorkommnisse vor knapp drei Tagen waren noch präsent wie ein langsam verblassender böser Traum. Sie wollte den Anblick auf sich wirken lassen, der See, das Hügelland und schließlich die Berge in allen Variationen von Grün-, Grau- und Goldtönen. Hinter ihr lag die Place Pury und die Stadt, die unablässig die Juraflanke emporwuchs.

»Alles gut bei dir?«, fragte Hannah Wirz. »Du stehst so verloren da.«

Friis hatte nicht bemerkt, dass sie und Lüthi hinter ihr aus der Parkgarage gekommen waren. Die beiden waren separat mit Lüthis Dienstwagen hergefahren. Friis würde bleiben. Sobald sie hier fertig war, hatte sie Urlaub. Sie sah auf die Uhr, fünf Minuten nach der vereinbarten Zeit.

»Ich spreche zuerst mit ihr«, sagte sie.

»In Ordnung«, sagte Wirz nach einem Blickwechsel mit Lüthi. »Wir warten hier.«

»Das wirst du brauchen.« Lüthi überreichte ihr eine Einkaufstasche mit dem Logo eines renommierten Zürcher Warenhauses.

Die Terrasse des Hotels Beau-Rivage war gut besucht. Marielle Rochat saß an einem Tisch neben der Promenade. Sie hatte einen Aperol Spritz vor sich, der aussah, als hätte sie ihn noch nicht angerührt. Auf einem Teller lag ein halb aufgegessenes Clubsandwich. Sie war mit ihrem Handy beschäftigt und bemerkte Friis' Ankunft nicht.

»Grüß Gott, Frau Rochat.«

Sie zuckte zusammen.

»Frau Friis. Sind wir nicht …« Sie sah auf das Handy. »Um Gottes willen, gut sitze ich schon hier, ich habe die Zeit komplett vergessen.«

»Macht nichts, ich auch, fast. Darf ich mich zu Ihnen setzen?«

»Bitte.« Rochat deutete auf einen der drei noch freien Stühle am Tisch. Sie bemerkte die Einkaufstasche. »Haben Sie Einkäufe gemacht?«

Friis setzte sich ihr gegenüber hin. »Ich verbinde gern das Angenehme mit dem Nützlichen. Wie geht es Ihnen?«

»Gut.« Sie drehte mit zwei Fingern den Stiel ihres Glases um die eigene Achse. »Mein Arzt würde es als ›den Umständen entsprechend‹ bezeichnen. Ich versuche, nicht darüber nachzudenken, was hätte passieren können.«

»Wie geht Silvain damit um?«

»Er will jetzt immer bei mir im Bett schlafen, wegen der Albträume. Zum Glück ist Scarlett da.«

»Ist sie hier?«

»Sie hat die Zimmer in diesem Hotel gebucht. Sie meinte, ein Tapetenwechsel täte uns gut. Wahrscheinlich hat sie recht. Sie macht mit Silvain eine Tour durch die Neuenburger Spielzeuggeschäfte. Das lenkt ihn ab und lässt mir Zeit für mich.«

»Ich kann ein Betreuungsteam für Sie und Ihren Sohn anfordern, falls Sie das wünschen.«

»Vielen Dank, aber das …« Rochat zögerte eine Sekunde. »Das wird nicht nötig sein. Wir reisen bald in die Staaten ab.«

»Wann fliegen Sie?«

»In drei Tagen. Bis dahin wohnen wir hier. Morgen besuchen wir den Creux du Van. Übermorgen geht es nach Le Locle. Die Höhlenmühlen vom Col des Roches und eine Bootsfahrt auf dem Lac des Brenets stehen auf dem Programm.«

»Wie lange bleiben Sie in den USA?«

»Bis die Formalitäten wegen der Erbschaft erledigt sind. So lange dürfen wir im Anwesen der Wilkinsons in Rochester wohnen. Silvain ist ganz aufgeregt, seit er weiß, dass er New York sehen wird.«

»Und Sie?«

»Ich war schon mal dort. Aber ich freue mich auch. Ich würde mir gern wieder ein Musical oder ein Theaterstück am Broadway ansehen.«

Rochat stellte die übereinandergeschlagenen Beine nebeneinander und beugte sich vor.

»Weshalb wollten Sie mich sprechen, Frau Friis? Haben Donna und Bart gestanden?«

»Noch nicht. Sie behaupten nach wie vor, nichts mit Martins Tod zu tun zu haben.«

»Und Sie, was denken Sie?«

»Das ist irrelevant. Die Staatsanwältin wird den Fall abschließen, es sei denn, es kommen neue Indizien ans Licht.«

Für den Bruchteil einer Sekunde versteinerte sich Rochats Gesicht, ihre Augen flackerten. Sie rutschte auf ihrem Stuhl nach vorn. »Ich habe Ihnen alles gesagt.«

»Haben Sie?«

Rochat griff nach der Stoffserviette, die mit dem Clubsandwich serviert worden war und zerknüllte sie langsam. »Ich sehe es vor mir, als wäre es erst gestern passiert. Martin kam auf mich zu. Als er nur noch ein paar Schritte entfernt …« Ihre Stimme verlor sich.

»Sie wollten ihm helfen, doch er war zu schwer für Sie«, sagte Friis.

Rochat betrachtete die zerknitterte Serviette in ihrem Schoß.

Friis nickte langsam. »Beim Versuch, Herrn Wilkinson von dem Sturz ins Wasser abzuhalten, haben Sie die Spritze mit dem Barbiturat verloren, die er Ihnen zuvor gegeben hat, nicht wahr?«

Rochat hob den Kopf. »Weshalb fragen Sie mich das immer wieder?«

»Weil Sie mir nicht alles gesagt haben, fürchte ich.«

Rochats Hände verharrten, Schonzeit für die Serviette.

»Keine Ahnung, was Sie meinen.«

»Ich habe etwas mitgebracht.« Friis stellte die Einkaufstasche auf den Tisch und nahm einen Rucksack heraus. »Der gehört Ihnen, nicht wahr?«

Rochat war vernünftig genug, es nicht zu leugnen. »Ich denke schon, er sieht jedenfalls aus wie meiner.«

Friis schob ihn über den Tisch. »Schauen Sie bitte nach, ob nichts fehlt. Außer dem Geld natürlich. Es bleibt beschlagnahmt, bis die Untersuchung abgeschlossen ist.«

»Das gehört Scarlett.«

»Sehen Sie nach, bitte.«

Friis wartete, bis Rochat alle Gegenstände ausgepackt hatte.

»Alles da«, sagte sie.

»Sicher?«

»Ja. Kann ich ihn mitnehmen?«

Friis langte in die Tasche ihres Jacketts. Sie legte den Inhalator auf den Tisch. »Der gehört doch auch Ihnen.«

Rochat sah das Teil an, als könnte sie sich mit einer

tödlichen Krankheit anstecken, sobald sie es berührte. »Das … Woher haben Sie den?«

Friis zeigte auf den Rucksack. »Lag zuunterst. Können Sie mir sagen, wie er dahin gekommen ist?«

Rochat schwieg.

»Die Spritze, die Sie angeblich verloren haben, wurde nicht benutzt«, sagte Friis. »Martin Wilkinson ist nicht durch das darin enthaltene Barbiturat zu Tode gekommen. Ursache war eine tödliche Dosis Digitoxin.« Friis deutete auf den Inhalator. »Das Präparat, das er enthält, hat die exakt gleiche Zusammensetzung wie dasjenige, welches die Autopsie in Wilkinsons Körper festgestellt hat. Beides, das Medikament und Pumpe, wurden von der Mayo-Klinik in Jacksonville, Florida, eigens für Martin Wilkinson angefertigt.«

»Ich habe diese Pumpe nie …«

»Bitte, Frau Rochat, tun Sie das nicht. Ihre Fingerabdrücke wurden auf dem Inhalator sichergestellt. So wie sie liegen, besteht kein Zweifel, dass Sie ihn benutzt haben. Der Inhalator enthält einen Chip. Mithilfe der Mayo-Klinik wurde er von unserer Rechtsmedizin ausgelesen. Die Abgabezeit der letzten Dosis deckt sich mit der Todeszeit von Martin Wilkinson. Laut Aussage von Scarlett Wilkinson hat er kurz vor dem Schiffsausflug seine Tropfen genommen. Die zusätzliche Dosis aus der Pumpe war zu viel für ihn.«

Rochat begann erneut, die Serviette zu malträtieren.

»Warum, Frau Rochat?«, fragte Friis. »Erklären Sie mir, weshalb Sie Martin Wilkinson getötet haben?«

»Das hat sie doch schon«, sagte eine bekannte Stimme hinter Friis.

Scarlett setzte sich auf einen der beiden noch freien Stühle. »Marielle hat Martin nicht ermordet. Sie wollte ihm helfen.«

»Wobei?«, fragte Friis.

»Ich bitte Sie, Major. Das wissen Sie doch inzwischen.«

»Und Sie? Wussten Sie auch Bescheid?«

»In der Tat. Martin wollte seinem Leben schon seit Langem ein Ende setzen. Seine Schmerzen waren unerträglich geworden. Aber es war nicht nur das. Sein ganzes Leben war nur noch Schmerz.«

Rochat wollte etwas sagen. Scarlett legte die Hand auf ihren Arm.

»Das ist die Wahrheit, Major Friis.«

»Scarlett?« Rochat sah sich besorgt um. »Wo ist Silvain? Hast du ihn allein im Zimmer gelassen?«

»Keine Sorge, Alice, die Hotelassistentin, kümmert sich um ihn, bis wir hier fertig sind.« Scarlett wandte sich erneut an Friis. »Sollten Sie darauf bestehen, Marielle in Haft zu nehmen, brechen wir hier und jetzt ab und warten, bis unser Anwalt hier ist.«

»Gut«, sagte Friis. »Angenommen, Sie sagen die Wahrheit. Weshalb hat Ihr Bruder die für ihn bestimmt anstrengende Reise auf sich genommen und Frau Rochat in diese Lage gebracht? In Bezug auf Sterbehilfe ist die Schweiz sehr liberal. Mr. Wilkinson verfügte über die Mittel, sich auf legalem Weg an eine Organisation zu wenden, die ihm einen … komfortableren Tod ermöglicht hätte. Warum wollte er so brutal und tragisch aus dem Leben scheiden?«

»Sühne«, sagte Scarlett. »Martin wollte Buße tun.«

»Buße wofür?«

Rochat kam Scarlett zuvor. »Für Jacqueline, meine Großmutter. Die Geschichte hat sich damals nicht so zugetragen, wie sie immer wieder erzählt wurde. Martin, er …« Rochat sah Hilfe suchend zu Scarlett.

»Mein Bruder war einer der höchstdekorierten Kriegshelden meines Landes. Einer der wenigen, dem die Ehrenmedaille des Kongresses zu Lebzeiten verliehen wurde. Damit und mit all den anderen Auszeichnungen für Tapferkeit vor dem Feind wurde Martin zu einer nationalen Legende, der lebende Beweis, dass der weiße männliche amerikanische Held nicht nur ein Hollywood-Mythos ist. Der gute Amerikaner existiert. In Wirklichkeit ist er nichts anderes als eine bösartige Illusion.«

Scarlett sah Friis erwartungsvoll an. Erwartete sie eine Reaktion? Sollte sie etwas Abschätziges bemerken, zu Amerikas Selbstverständnis und seiner rücksichtslosen Arroganz gegenüber dem Rest der Welt?

»Fahren Sie bitte fort«, sagte sie stattdessen.

»Es wird Sie nicht überraschen, dass dieses Heldengetue, die Konfettiparaden und Fanfarenklänge nur blödsinnige Augenwischerei waren. Ich will damit nicht sagen, dass mein Bruder ein schlechter Mensch oder ein Feigling gewesen war. Alle seine Medaillen hat er zweifellos verdient. Aber Martin war eben nur ein Mensch. Vor allem war er ein Mann mit einer dunklen Seite und einem unbändigen Trieb.«

»Er war es, der Jacqueline Rochat vergewaltigt hat?«, fragte Friis.

»Er hat es mir Jahre nach dem Krieg gestanden«, sagte Scarlett. »Als er es nicht mehr ausgehalten hatte.«

»Joe Lamotta, weshalb musste er sterben?«

»Er war es, der Martin überraschte, als er Jacqueline vergewaltigte, und ihn zur Rede stellte. Sie gerieten in Streit. Joe drohte, Martin vor ein Kriegsgericht zu bringen. Daraufhin hat Martin ihn mit einer erbeuteten deutschen Pistole erschossen. Bei einer allfälligen Untersuchung sollte sich nicht herausstellen, dass Joe von einer amerikanischen Kugel getötet worden war.«

»Damit kam er durch?«

»Es war Krieg. Die Situation in der Normandie war unübersichtlich, bisweilen chaotisch. Jacqueline und ihre Schwester hatten Angst, Martin würde auch sie umbringen. Sie beschworen ihn, sie am Leben zu lassen. Mir gegenüber beteuerte er, nie vorgehabt zu haben, Jacqueline und Herminie zu töten. Nachdem er in die Staaten zurückgekehrt war, überkam ihn Reue. Ich habe ihn ermutigt, Jacqueline zu besuchen. Dabei stellte sie ihm seinen Sohn vor, den Vater von Marielle.«

»Joe Lamottas Tod wurde nie untersucht?«, fragte Friis.

»Wie gesagt, es war Krieg. Täglich starben Dutzende, wenn nicht Hunderte unserer Jungs. Einzig Jack Lamotta, Joes Vater, ließ nicht locker. Er wollte nicht wahrhaben, dass eine banale deutsche Pistolenkugel seinen Sohn und den Kronprinzen der *famiglia* getötet hatte. Er engagierte private Ermittler und ließ seine Verbindungen in Europa spielen. Ich weiß nicht, wie er es schließlich geschafft hatte, die Wahrheit herauszufinden.«

Friis wusste genug von der Mafia und dem Gesetz der Blutrache. Demnach hätte Martin Wilkinson nie hundert Jahre alt werden dürfen.

»Jack Lamotta war Clanchef«, sagte Scarlett. »In erster Linie war er aber Geschäftsmann. Er stellte unseren Vater zur Rede. Um einen Skandal zu vermeiden und irreparablen Schaden sowohl für den amerikanischen Heldenmythos als auch für einen heiligen Träger der Ehrenmedaille zu vermeiden, gingen die beiden eine Allianz ein. Natürlich ging es ihnen, wie bei allem in Amerika, ums Geschäft, das große Geld.«

»Die Wilkinsons arbeiteten fortan mit der Cosa Nostra zusammen?«

»Wenn Sie so wollen. Sie unterstützten sich gegenseitig. Wilkinson sorgte in gewissen Fällen für die logistische Unterstützung der Organisation.«

Friis konnte sich denken, worum es sich dabei handelte. Der Wilkinson-Konzern verfügte über eine ansehnliche Schiffs- und Fahrzeugflotte.

»Später und um die Allianz auch nach deren Tod zu zementieren, arrangierten Jack und mein Vater Donnas und Barts Heirat.«

»Wussten die beiden, was in Frankreich wirklich geschehen war?«

»Ich denke nicht«, sagte Scarlett. »Weder Martin noch ich haben es ihnen erzählt. Auch von den Lamottas hat niemand geredet. Donna und Bart ging es einzig um Macht und Einfluss. Dann trat plötzlich Marielle auf den Plan. Ohne es zu wissen oder zu beabsichtigen, stellte sie sich den beiden in den Weg. Donna sah keinen Ausweg, als ihre alten Familienbeziehungen zu aktivieren und die Entführung von Marielles Sohn zu inszenieren.«

»Wie?«

»Wie genau sie es angestellt haben, erfuhr ich erst im Lauf der letzten Tage, nach ein paar Anrufen in die Staaten«, sagte Scarlett. »Im Vorfeld der Reise hierher erkundigte sich Donna über Marielle und ihr Umfeld.«

»Und ist dabei auf das Schuldenproblem Ihres Ex gestoßen«, sagte Friis an Rochat gewandt. »Schiavone hat Verbindungen zum Lamotta-Clan. Er hat zusammen mit seinen Männern Silvain entführt. Wahrscheinlich hätte bei der Übergabe etwas ›schiefgehen‹ sollen, wobei Eltern und Kind den Tod gefunden hätten.«

»Es war eine furchtbare Charade«, sagte Scarlett.

»Ich hatte davon keine Ahnung, Frau Friis«, sagte Rochat. »Das müssen Sie mir glauben. Ich wollte Martin helfen, weil er mir leidtat.«

»Warum haben Sie ihm nicht die Spritze verabreicht, wie ursprünglich vorgesehen?«

»Weil ..., weil er es nicht mehr wollte. Ich hätte ihn in den Hals stechen sollen. Aber er meinte, wenn es eine Obduktion gäbe, würde man die Einstichstelle bemerken und auf Mord schließen. Deshalb gab er mir den Inhalator. Ich sollte das Mittel verabreichen und ihn ins Wasser fallen lassen.«

»Weshalb hat er es nicht selbst getan?«, fragte Friis.

Rochat sah Hilfe suchend zu Scarlett.

»Unsere Familie ist römisch-katholisch und sehr religiös. Sich selbst das Leben zu nehmen ist eine Sünde. Mein Bruder wollte nicht von eigener Hand sterben.« Scarlett hob die Schultern. »Es war seine Art von Sühne.«

Die eigene Enkelin zu einer Straftat anzustiften,

machte die Sache nicht besser. Friis behielt den Gedanken für sich.

»Selbst wenn ich geneigt bin, Ihnen zu glauben, um ein Strafverfahren kommen Sie nicht herum.«

Scarlett zog eine Visitenkarte aus ihrer Handtasche und reichte sie Friis. »Das sind Name und Adresse eines Notariatsbüros in Zürich. Advokat Dr. Kummli kümmert sich seit Jahrzehnten treuhänderisch um unsere familiären und betrieblichen Angelegenheiten diesseits des Atlantiks. Er wird Ihnen Martins eidesstattliche Erklärung vorlegen, dass er Marielle um Sterbehilfe gebeten hatte.«

Friis betrachtete die Karte.

»Eine eidesstattliche Erklärung legitimiert keine Straftat.«

»Was passiert jetzt mit mir?«, fragte Rochat. »Verhaften Sie mich?«

»Das entscheide nicht ich.«

Friis winkte Hannah Wirz und Mike Lüthi heran, die in einiger Entfernung warteten.

* * *

Friis öffnete die Tür mit ihrer Schlüsselkarte.

Magnus lag mit geschlossenen Augen auf dem Bett. Sie entledigte sich ihrer Schuhe und legte ihren Blazer ab, bevor sie sich zu ihm gesellte und die Arme um ihn schlang.

»Ist es vorüber?«, fragte er.

»Soweit es mich betrifft, ja.«

Friis stieg wieder aus dem Bett und ging zum Servierwagen, der in der Mitte des Zimmers stand, eine Flasche

Champagner im Eiskübel, zwei Gläser und eine Platte mit einem Dutzend Austern.

»Habt ihr die Frau festgenommen?«, fragte Magnus.

»Hannah Wirz spricht mit ihr. Ein Verfahren wird sich nicht vermeiden lassen. Ich glaube, Frau Rochat hat gute Aussicht, mit einer Bewährungsstrafe davonzukommen. Hoffe ich jedenfalls für sie. Ich habe bei Hannah ein gutes Wort für sie eingelegt.«

Friis gab ihm die Flasche.

»Öffnen, bitte.«

»Danke«, sagte Magnus, während er die Gläser füllte.

»Wofür?«

»Dass du dir trotzdem Zeit für uns beide nimmst. Ich fürchtete schon, du würdest die Leute nach Solothurn begleiten.«

»Das kann Mike Lüthi ebenso gut. Wir beide sollten etwas zu Ende bringen.«

»Hochzeitstag«, sagte Magnus.

»Ich habe dir versprochen, wir holen es nach.«

»Eine Suite im besten Hotel von Neuenburg? Ich wusste gar nicht, dass wir uns das leisten können.«

»Ich auch nicht. Wir tun es einfach.« Friis nahm eine Auster von der Platte, beträufelte sie mit dem Saft einer aufgeschnittenen Zitrone. »Würden wir nach Venedig, Paris oder sonst wohin fahren, käme es uns teurer zu stehen.«

»Was hast du mit mir vor? Zeigst du mir Neuchâtel? Du kennst die Stadt besser als ich.«

»Das machen wir morgen. Jetzt trinken wir erst mal Champagner. Um halb acht habe ich einen Tisch auf der Terrasse reserviert.«

Magnus sah auf die Uhr. »Noch knapp zwei Stunden bis dahin. Was machen wir so lange?«

Friis hielt ihm lächelnd die vorbereitete Auster hin. »Iss erst mal die.«

Bitte beachten Sie auch die folgenden Seiten.

Mörderische Tour de Suisse

LUZERN

Silvia Götschi

Tödliches Geheimnis

Kriminalroman

Matthias Stadelmann ist Kapitän eines Dampfschiffs auf dem Vierwaldstättersee, glücklich verheiratet und Vater von drei Kindern. Als seine geliebte Frau Olivia bei einem Autounfall stirbt, ist nicht nur seine heile Welt zerstört, sondern immer mehr Gewissheiten geraten ins Wanken. Mit wem saß Olivia im Auto? Hatte sie etwa eine Affäre? Und war ihr Tod tatsächlich ein Unfall?

Matthias beginnt, der Sache auf den Grund zu gehen. Erstaunt muss er zur Kenntnis nehmen, dass offenbar nicht nur Olivias beste Freundin Hannelore, sondern auch seine beiden erwachsenen Söhne seine Frau viel besser kannten als er selbst. Nach und nach findet er heraus, dass fast nichts in seinem Leben so ist, wie es scheint – und dass Olivia tatsächlich ermordet wurde. Als er endlich die Wahrheit kennt, muss Matthias sich entscheiden.

ALIBI

Mörderische Tour de Suisse

GRAUBÜNDEN

Philipp Gurt

Engadiner Teufel

Ein Fall für Corina Costa

Kriminalroman

Gold leuchten die Lärchen, tiefblau glitzern die Seen im Oberengadin, als Corina Costa, Alpinpolizistin und Bergbäuerin, auf ihrem kleinen Hof oberhalb von Pontresina alarmiert wird. Zwei junge Frauen einer Reisegruppe aus Deutschland, die wild campiert haben, wurden tot neben ihrem Zelt gefunden – zugerichtet, als wäre ein Braunbär der Schuldige. Der gewaltsame Tod der Berliner TikTok-Ikonen geht viral. Statt dass der Tatort gemieden wird, reisen Sensationsgierige ins Engadin, und die Jagd des Teufels auf Touristen geht weiter.

ALIBI